UNE BELLE GARCE

JEAN-LOUIS VIOT

UNE BELLE GARCE

FAYARD

Le Prix du Quai des Orfèvres est décerné chaque année sur manuscrit anonyme, par un jury présidé par M. le Directeur de la Police judiciaire de la Préfecture de police, 36, quai des Orfèvres. Il est proclamé par M. le Préfet de police.

Novembre 1993.

A la Grande Maison et à ceux qui restent dans la cour.

CHAPITRE PREMIER

Géraldine Roussel surmonte ses quarante-trois ans à grand renfort de toilette, de maquillage, de bijoux, de parfum. Sa longue chevelure blonde et sa silhouette élancée font encore illusion mais, dans la glace qui allonge en trompe l'œil le café du Quibus, ses traits chevalins soulignent l'inexorable réalité.

Elle remonte sur l'épaule la bandoulière de son sac, trempe ses lèvres framboise dans un blanc cassis, balaie avec nonchalance les mèches qui tombent en baguettes sur ses profils anguleux.

Géraldine Roussel se sent bien dans cette ambiance de bistrot où les hommes s'intéressent encore à elle. Le regard lointain, elle s'offusque mollement des sous-entendus égrillards ou des mains libertines. La gent masculine, elle connaît. Elle l'a pratiquée, exploitée, même. Depuis son divorce, elle a su tirer de ses rencontres les avantages que lui offre aujourd'hui son remariage avec un conducteur de travaux rabougri, toujours aux antipodes. De la Côte-d'Ivoire ou du Pacifique, le brave, qui n'a guère besoin d'argent, lui envoie tout ce qu'il gagne. Elle en dépense une bonne partie et thésaurise le reste sur un compte secret. Sécurité, liberté. Liberté qu'elle met naturellement à profit pour assouvir ailleurs sa libido.

Le grasseyement de Muriel Baron la ramène sur terre. Petite, épaisse, vulgaire, la brune tarabuste Hubert Rochette, un pilier du Quibus. Elle négocie un verre que l'autre n'a pas envie d'offrir. Abruti par la tisane, Rochette n'a plus d'âge. Tout à l'heure, pourtant, son œil glauque a contourné les formes de Géraldine Roussel. La jupe vaporeuse de la femme a ranimé en lui de fugaces appétences.

— Laisse donc ce pauvre Hubert... ! ânonne justement l'intéressée.

Son sac la gêne. Elle le pose sur le bar tandis que le patron sert une tournée commandée du geste par Julien Coussinel.

Muriel Baron a levé son kir à la santé de celui qui paie.

— A la vôtre ! tremblote Coussinel.

De taille moyenne, l'air malingre, la couperose sur les ailes du nez, le cheveu fin et clairsemé, le regard implorant, Julien Coussinel écoule sa soixante-septième année de médiocrité. Veuf depuis une décennie, il occupe un vieil appartement du centre ville où, sans la moindre compensation, il héberge épisodiquement son grand feignant de fils. Un chômeur professionnel de trente-huit ans doublé d'un célibataire d'une exigence agressive.

Bref, une bien piètre existence. Une vie linéaire, sans rebondissement. Jusqu'à ce jour, qui remonte à deux mois, où Julien Coussinel a ramené Véro chez lui. Véro la Pute et son gosse de quatre ans.

Sans famille, expulsée d'un garni, ce soir-là Véronique Chambrier a entrepris Julien Coussinel au Quibus où ils s'étaient déjà rencontrés.

Quelques verres, des œillades, une cuisse aguicheuse... Un jeu d'enfant pour Véro qui, depuis, s'est installée avec son fils Aurélien dans l'appartement du retraité.

Au début, elle s'est montrée compréhensive, reconnaissante, payant de sa personne ce gîte providentiel. Puis, ce que Coussinel a pris pour de l'affection s'est estompé. Ephémère illusion. Au seuil de la quarantaine, la brune Véro, il le sait, a tous les attraits pour briguer d'autres perspectives. Abandonnant son marmot au vieux, elle a repris le sentier des bars et la chasse aux pigeons. Une chasse aléatoire puisqu'elle rentre parfois comme un chat de gouttière affamé. Affamé d'argent, forcément. Alors elle minaude. Elle embrasse son bon Julien, l'effleure d'une main impudique. Elle a la manière. La preuve : il se pique au jeu. Mais, lorsqu'à son tour il veut la caresser, elle se dérobe. Elle revient à la charge, le décolleté ravageur, lui échappe, l'aguiche derechef, se soustrait encore jusqu'à ce qu'il sorte son portefeuille.

Pendant ses absences, Coussinel garde le gosse. Il s'y attache, le nourrit, le dorlote comme son propre enfant. Son chômeur de fils, lui, regarde fondre d'un mauvais œil l'argent sur lequel il estime avoir des droits.

Géraldine Roussel repose son verre. Elle se sent observée. Elle jette un coup d'œil instinctif du côté de la rue puis revient aux consommateurs du Quibus. Le regard de Coussinel darde sur elle une expression étrange. Elle ébauche un sourire de gêne, rajuste sa veste, récupère son sac et annonce qu'elle doit partir.

Muriel Baron, elle, a tout son temps.

— Je reste pour la tournée du patron ! déclare-t-elle d'un air entendu. A plus tard, ma grande !

Géraldine Roussel se faufile, pousse la porte vitrée, disparaît par les rues étroites. Coussinel interroge sa montre, termine sa bière avec une précipitation subite. Un salut discret. Il sort.

Le pas nonchalant, à son image, Géraldine Roussel longe les vitrines éclairées, s'attarde devant celle d'un marchand de chaussures, repart. Elle emprunte les rues piétonnières en enfilade, poirote avant de traverser au feu de la rue de Sygogne. L'attente se prolonge. Disciplinée, elle fixe le petit homme rouge dans le boîtier d'en face. Soudain, l'impression d'être épiée taraude son subconscient. Elle se retourne. Derrière elle un type la dévisage et vient se camper au coude à coude sur le bord du trottoir.

Ils traversent ensemble, l'individu prend une autre direction. La rue du faubourg de la Barre dresse devant elle ses 45 degrés. Géraldine Roussel entend son cœur cogner. La rue des Fontaines est proche mais il faudra encore monter. Toutes les rues grimpent par ici. Elle soupire de soulagement en enfonçant la clé dans la porte de son couloir. Le bois gonflé racle le vieux carrelage en damier. Elle déclenche la minuterie, laisse le battant entrouvert, fouille sa boîte aux lettres. Elle s'apprête à refermer lorsqu'une violente poussée la projette en arrière, une masse a surgi au moment où la minuterie s'est éteinte. Quelque chose de froid lui enserre le cou, l'empêche de crier, la paralyse. Un fil d'acier qui l'étrangle, l'asphyxie. Elle suffoque. Ses mains ne peuvent la libérer de ce lien implacable, de ce cisaillement qui l'étouffe. Elle se tord, se convulse. Sa vue se brouille. Sa langue se décroche du fond de sa gorge. Ses yeux se révulsent. On serre encore.

— Tu l'auras cherché, salope !

Mais Géraldine Roussel n'entend plus. Elle s'affale sur le carrelage, ses longs cheveux épars.

Un homme se penche sur elle et, avec un rictus de satisfaction, arrache le deuxième bouton de son chemisier.

CHAPITRE 2

30 avril. 9 heures. Richard Mallet entre dans le poste en traînant la semelle sur le carrelage délavé. Il adresse une mimique d'excuse à la femme de ménage et poursuit sur la pointe des pieds.

— Pas l'air réveillé ! observe le brigadier en riant sous cape.

Pas l'air ? Et pour cause ! Mallet, le noctambule, vient de passer ces heures que d'autres consacrent au sommeil à une planque. Une de plus. Et pour rien, naturellement. La veille, un gars est venu l'affranchir qu'un magasin de cuirs allait être cassé dans le courant de la nuit. Difficile de faire la sourde oreille, évidemment. D'autant que le quidam a donné les trois types, leur manière d'opérer, etc. ; que les indices ne courent plus les rues et que les tuyaux de ce genre deviennent rarissimes. Rarissimes lorsqu'ils ne sont pas percés, bien entendu, car, les renseignements bidons, eux, ne manquent pas.

D'ailleurs Mallet a tout lieu de croire que ceux qui lui ont valu ces longues heures de surveillance appartiennent à la seconde catégorie. Sans doute aurait-il dû écouter ses collègues de la Sûreté. Il voit encore leur mine narquoise lorsqu'il leur a fait part de l'information. « T'as pas l'impression d'un coup de pipeau ? » avaient-ils conclu en retournant à leur ordinaire.

Pipeau ou pas, Mallet n'avait pu laisser tomber. Faute d'inspecteurs, il avait attendu l'arrivée de la B.S.N.[1] pour monter la planque à proximité du magasin de vêtements. Au petit jour, Mallet était rentré amer, blessé dans son instinct de chasseur.

Sans lever le nez du cahier des repos compensateurs, un sous-brigadier répond évasivement à son salut. Un autre l'interpelle :

— C'est vous qui êtes de permanence ?

— Oui, pourquoi ?

— La P.S.[2] est partie sur une ouverture de porte. Une personne ne répondant plus aux appels.

L'engrenage routinier de la Sécurité publique reprend ses droits. Mallet hausse les épaules, résigné.

— Tenez-moi au courant, dit-il simplement.

Il serre quelques mains. Le standardiste l'agrippe en brandissant son combiné.

— Richard ! Communication extérieure ! Prends sur le 408 !

Mallet soupire, attend le trille du poste désigné, décroche.

— Monsieur Mallet ?

Dans le brouhaha de la salle radio, l'inspecteur ne prête qu'une oreille distraite aux jérémiades de son correspondant. « Vous avez enregistré ma

1. Brigade de surveillance nocturne.
2. Police secours.

plainte il y a huit jours... Un vol dans ma cave... Ils ont remis ça cette nuit... Ce sont les mêmes... Il faut... »

Mallet prend sur lui de ne pas raccrocher. Il s'efforce de compatir puis coupe court en invitant son interlocuteur à revenir au service.

Un coup d'œil sur la « main courante[1] » et l'inspecteur quitte la cage vitrée du poste pour en retrouver une autre, celle en tube vert pomme qui accompagne l'escalier gironné jusqu'au premier étage. Sur le large palier distribuant les deux ailes de la Sûreté, trois de ses collègues interrompent leur conversation.

— Alors ? Qu'est-ce qu'on avait dit ? triomphe l'un d'eux. Du pipeau !

Mallet lève les bras puis les laisse retomber, évitant ainsi une polémique qu'il n'a pas le courage d'engager. Le teint frais et la vitalité de ses homologues lui inspirent de la rancœur. La quarantaine bientôt et vingt ans de police. Un cap à franchir, peut-être. La lassitude, l'irrationalité du service, l'indolence professionnelle de certains, la force d'inertie... Heureusement, il reste des don Quichotte. L'inspecteur divisionnaire Guillaume Madelin est un de ceux-là. La quarantaine râblée, le cheveu plat et noir, le collier dru et volontaire, le regard perçant derrière des lunettes d'écaille, le personnage n'a rien d'un boute-en-train. Et pourtant...

Le divisionnaire lève les yeux, affiche sa déception, dresse un constat d'échec.

— Alors, rien, avance-t-il inutilement.

— Ou le tuyau était percé, ou les gus se sont dégonflés.

1. Registre.

— Il faut reprendre ton informateur.

— J'y compte bien.

Trois bureaux plus loin, une sonnerie flûtée s'impatiente. Mallet cavale, décroche. Le combiné lui échappe. Il le rattrape au vol, identifie la voix du chef de poste. La personne ne répondant plus aux appels : affaire sans suite. Une vieille dame qui avait gardé ses boules Quies.

Il n'a pas raccroché qu'on frappe à sa porte pourtant grande ouverte. L'épais gardien préposé au courrier s'y encadre. Il fouille sa sacoche, dépose deux enveloppes, repart en sifflotant.

Sur son sous-main en plastique vert wagon dont l'a généreusement doté l'administration, Mallet examine la première. Au cachet rectangulaire sur le coin gauche, il devine la réponse à l'une de ses réquisitions bancaires.

La seconde l'intrigue davantage. La suscription se compose de caractères hétéroclites découpés dans une revue. « Inspecteur Malet » avec un seul « l ». Le timbre a été oblitéré la veille à la poste centrale. Le policier se sert de son index comme coupe-papier. Rien dans l'enveloppe. Ou plutôt si. Un bouton nacré, gros comme l'ongle d'un petit doigt. Un bouton à quatre trous. Celui d'un chemisier ou d'un corsage. Perplexe, Mallet manipule l'objet, le laisse retomber au fond de l'enveloppe qu'il plante dans son porte-lettres. Encore une loufoquerie. Il en a l'habitude. Les courriers de désaxés ne manquent pas.

L'inspecteur reprend, sans enthousiasme, un rapport laissé en plan. Le téléphone compromet ses vélléités. Un mineur en fugue ramené au poste. Mallet sursoit à la rédaction de sa synthèse. Dans le couloir, il se heurte à Vincent Hermel, second permanent et permanent en second.

— J'arrive de constates[1] avec Quinet, explique-t-il. Un gros casse[2] chez Gaubert, le buraliste du quartier Saint-Jacques. Les condoléances habituelles.

— Pas au courant.

Un fracas de battants de porte, Gérard Quinet surgit en bringuebalant ses deux mallettes. Le sous-baloche[3] détaché à l'I.J.[4] râle, comme d'habitude. Pendant qu'il fait du cinéma avec sa poudre de perlimpinpin, ses photos croupissent dans leur bain.

— Hé ! se moque Hermel, le technicien de la scène du crime, c'est bien toi !

Mallet les abandonne à leurs états d'âme. Le mineur en fugue l'attend.

A 11 h 20, le chef de poste rappelle. Découverte de cadavre. Une femme dans un couloir, rue des Fontaines.

Mallet ricane intérieurement en anticipant la réaction de Quinet. Il le trouve dans son labo.

— Gérard !

— Quoi encore ?

— Un cadavre !

— Si c'est une mort naturelle, pas la peine de compter sur moi !

— Les collègues sont partis voir. Prépare tes mallettes quand même, on ne sait jamais.

Gérard Quinet hausse les épaules.

Le poste 437 joue encore du flageolet. Mallet se précipite dans son bureau, décroche. Un meurtre par strangulation. Drôle de mort naturelle ! Quinet n'aura pas préparé ses mallettes pour rien.

1. Constatations.
2. Cambriolage.
3. Sous-brigadier.
4. Identité judiciaire.

Ce matin-là, Coussinel s'est glissé hors du lit en prenant soin de ne pas réveiller le petit. Lorsque sa mère ne rentre pas, Aurélien dort avec Julien. Il l'aime bien parce qu'il lui raconte des histoires. Après une courte toilette, Coussinel a bu son bol de café en grignotant une tranche de quatre-quarts. Il a rassemblé le linge sale. Le sien, celui de son fils qui roupille encore, celui du petit et celui de Véro. Les pouces et index en pinces à linge, il a considéré chaque dessous féminin avec impudicité. Il a déverrouillé la porte sans bruit et emporté son ballot jusqu'à la laverie de la rue de l'Épée. L'attente a été longue.

Au retour, il entend des sirènes de police, quelque part dans la ville. Il se hâte. Derrière sa vitrine, la boulangère le salue distraitement. Il remonte le linge encore gorgé d'eau. Avachi sur la table de la cuisine, son fils Yvon feuillette le programme télé.

— Véro est passée, bougonne-t-il. Elle est repartie au Quibus.

— Ah ! Et Aurélien ?

Yvon Coussinel hausse les épaules. Il ne se sent pas concerné. Julien disparaît pour jeter un œil dans la chambre où dort l'enfant.

— Tu ferais mieux d'étendre le linge ! lui reproche le fils. Ça pisse partout !

Il allume la télé, s'enfonce dans un fauteuil en simili, croise les pieds comme un cowboy sur le bord de la table encombrée.

A deux pas de là, Véronique Chambrier attaque son troisième kir royal. La brune aux cheveux courts lève haut les jambes sur son tabouret de comptoir. Sa minijupe découvre le galbe de ses cuisses et laisse deviner la naissance de ses Dim-up. A cette heure, le Quibus est bondé. Au fond, un inconnu rubicond reluque l'échassière d'occasion, donne du coude à son coéquipier. Véro a surpris le geste.

— Parfaitement que je suis une pute ! lance-t-elle de sa voix cassée par l'abus de cigarettes. Et après ?

Elle se retrousse davantage, dégage le haut de sa cuisse.

— Regarde, mon canard ! Si t'as les moyens !

L'autre pique son fard, devient cramoisi. Véro allume une Marlboro. Elle renverse la tête, rejette la fumée vers le plafond.

— Remets un petit coup ! ordonne-t-elle à Bonardin.

Le tenancier s'exécute au moment où Muriel Baron pousse la porte vitrée. Les deux femmes s'embrassent. Muriel Baron considère le kir royal de Véro et siffle.

— Tu ne te refuses rien !

— Prends la même chose, c'est de bon cœur. Alors, ton cinoche ?

Muriel Baron est caissière occasionnelle au cinéma Étoile.

— Tu parles ! Avec mes pourboires, je ne paierais même pas ma place !

Elles rient en levant leur verre.

— Il faut que je remonte chez le vieux, déclare soudainement Véro. Il va encore m'exaspérer, je le sens.

Elle reboutonne son trois-quarts de fourrure grisâtre, sort d'un air désabusé.

Elle n'a que cent cinquante mètres à parcourir. Le couloir est attenant à la boulangerie Noget. La minuterie claque. Une porte s'ouvre. Dès qu'il a entendu les talons marteler le ciment, Patrice Noget a surgi de son fournil. Quarante-six ans, râblé, le faciès débonnaire, il se dandine à la manière d'un ours.

— Véro ! chuchote-t-il.

Véro fait volte-face. Les mains farineuses la saisissent aux épaules.

— Je me demandais..., commence-t-il.

Il l'agrippe, la serre dans ses bras.

— Attention ! le raisonne la brune.

— Je ne peux plus me passer de toi. Tu le sais, maintenant. Je ne pourrais supporter...

Elle lui caresse la joue.

— Patience, voyons. Bientôt, tout sera possible.

— Tu l'as promis.

— Évidemment.

Elle lui cède un baiser, qui l'embrase aussitôt. Les doigts boudinés de Noget s'aventurent sous la jupe courte. Véro se dérobe.

— T'es fou ! On pourrait nous surprendre.

La lumière s'est éteinte brusquement.

— Patron ?

La voix provient du fournil. C'est celle de l'apprenti. Noget grogne.

— Quel con, celui-là !

Véro s'empresse de rallumer, grimpe quelques marches, soulagée.

— Tant pis, on va se revoir !

Coussinel s'octroie un verre de vin et une maïs. Une fumée âcre se répand dans la pièce.

— Peux pas brûler ton foin ailleurs ? l'apostrophe son fils.

Julien hausse les épaules.

— Et tes Gitanes, tu crois qu'elles sentent meilleur ?

Yvon Coussinel s'extirpe de son fauteuil.

— Tu me fatigues ! crache-t-il avant de sortir.

La porte de la chambre s'ouvre doucement. La bouille ronde d'Aurélien apparaît dans l'embrasure. Coussinel sourit.

— Alors Coulinet, bien dormi ?

Au début, c'était Aurélien qui appelait Julien « Coulinet ». Aujourd'hui, ce petit nom leur sert de passe-partout affectif.

Le gosse se réfugie dans les jambes du sexagénaire qui lui chiffonne les cheveux d'une main malhabile.

— Attends, je prépare ton petit déjeuner.

Peu après, Aurélien trône en pyjama devant un bol de cacao. Il y trempe les biscuits au chocolat que Coussinel lui achète spécialement lorsque sa mère fait irruption.

— C'est maintenant que tu déjeunes, toi ? remarque-t-elle.

Elle ôte sa fourrure défraîchie, allume une cigarette.

— Tu restes ? demande Coussinel.

Véro grimace. Il va lui reprendre la tête, elle en était sûre.

— J'ai juste besoin de me changer.

— Tu repars, alors ?

Elle soupire, lève les yeux au plafond.

— Jusqu'à preuve du contraire, t'es ni mon mec ni mon mac, alors lâche-moi un peu !

Coussinel pince les lèvres.

— Dire ça devant le petit !

— T'inquiète ! Il ne comprend rien. Comme toi, d'ailleurs. Enfin, qu'est-ce que tu t'imaginais ?

Que j'allais rester dans tes bras tous les soirs ? Que j'allais me satisfaire d'un sexe atrophié sans plus de compensation ? T'es loin des tarifs, mon vieux !

Coussinel est repris de tremblement.

— Alors dégage ! Trouve autre chose ! Repars avec ton gosse !

Il croise le regard candide du bambin. Il se tourne vers la fenêtre, se tait. Le silence s'éternise. Véro écrase sa cigarette, se lève, chuchote quelque chose à l'oreille d'Aurélien qui décampe aussitôt. Coussinel fixe le néant à travers la vitre crasseuse. Les bras de Véro l'enserrent.

— Excuse-moi, minaude-t-elle. J'aurais pas dû.

— C'est rien. Rien du tout.

Il pivote lentement. Véro appuie sa tête sur sa poitrine.

— Tu es ici chez toi, murmure-t-il.

Il caresse ses cheveux courts et épais, sa nuque, son dos, ses reins. Il s'enhardit. Elle le laisse faire.

— Tu veux ? propose-t-elle.

Elle sait qu'il va fléchir. Il le faut pour demander le fric dont elle a besoin.

— Roussel Géraldine, née le 10 octobre 1947 ! annonce Vincent Hermel en épluchant le sac de la victime.

Pinceau et poudre d'aluminium, Quinet badigeonne la porte, le loquet, le bouton de minuterie.

— Alors ? demande Mallet.

— Fallait pas s'attendre à un miracle ! ronchonne le spécialiste de l'I.J. en rangeant son attirail.

Il dégaine son 24-36, commence sa gymnastique. Accroupi, debout, sur un pied, sur l'autre, arc-bouté au mur, les jambes écartées, il mitraille tous azimuts. Il marque l'emplacement du corps, prend les dimensions du couloir, des ouvertures, esquisse un plan. Mallet attend la fin des opérations, se penche à nouveau sur le cadavre.

Quelqu'un se baisse à côté de lui. Madelin. Dès qu'il a su, le divisionnaire est venu sur place.

— Joli sillon, remarque-t-il. Où en es-tu ?

— J'attends le proc[1]. Il arrive avec le légiste.

Accroupi, les pans de son cuir balayant le sol, Madelin passe en revue les effets de la victime.

— Marrant, ce truc-là ! observe-t-il soudain.

— Quel truc ?

— Il manque un bouton au chemisier.

Mallet a changé de couleur. Il examine un autre bouton dans ses doigts, à la manière d'un joaillier estimant une pierre, lâche un juron. Hermel et Madelin s'interrogent du regard.

— Le bouton, je l'ai reçu au courrier ce matin, explique l'inspecteur.

La mine ahurie de ses collègues l'oblige à donner des précisions. L'enveloppe, les lettres découpées, le même petit bouton à quatre trous...

— Oui, c'est exactement ça ! conclut-il après un silence méditatif.

— T'as tout gardé ? demande Madelin.

— Heureusement.

Mallet se redresse, allume une cigarette, appelle Quinet.

— Fais-moi quelques gros plans là-dessus !

Il montre le chemisier, désigne l'endroit où il

1. Procureur.

manque le bouton. Quinet place son test centimétrique, prend du recul, règle son objectif.

— T'as idée pourquoi on t'a envoyé ce bouton ? questionne le divisionnaire.

Mallet avance une lippe d'ignorance.

— Vraiment aucune.

— Quelque chose sur la fille ?

— Rien de particulier pour l'instant. Un mari plus âgé en déplacement à l'autre bout du monde. Pas de gosse, pas de boulot... C'est un gars qui habite en face qui a découvert le corps. Il a trouvé étrange que la porte du couloir soit restée entrouverte depuis hier.

— Il n'y a personne d'autre dans l'immeuble ?

— Une grabataire sourde comme un pot au rez-de-chaussée.

Madelin prend quelques notes.

— Je vais faire l'environnement et m'occuper des proches, propose-t-il, ça t'avancera.

Il tourne les talons au moment où le substitut du procureur et l'expert en médecine légale arrivent sur le théâtre des opérations. Il est 13 h 10.

CHAPITRE 3

La clenche de l'entrée a cliqueté. Le fils Coussinel est de retour. Véro se rajuste. Cela l'arrange.

— Tu vois ? dit-elle avec aplomb, pas moyen d'être tranquille !

— Allons dans la chambre.

— Non. Aurélien joue sur le lit. Ça sera pour la prochaine fois. Et puis, j'ai rancard. Un type qui doit me proposer un petit boulot bien payé.

— Tant mieux, murmure Coussinel, déconfit.

— En attendant, reprend Véro, je n'ai plus de thunes. Peux-tu me filer 500 balles ?

Coussinel sort son portefeuille incurvé par sa poche-revolver.

— Je n'ai que 300 francs, s'excuse-t-il.

— C'est toujours ça, soupire Véro en ramassant l'argent.

— Tu ne manges pas ?

— Pas le temps. Et puis l'autre va sûrement m'inviter au resto.

Véro attrape son sac. Ses lèvres pincées effleurent la joue de Julien. La porte se referme. Aurélien surgit.

— Maman !

— Elle va revenir, affirme Coussinel.

Les yeux du gosse s'embuent.

— Si on jouait à pigeon vole ? propose Julien.

Aurélien ravale ses larmes.

— A pigeon vole ?

— Souviens-toi. Tu lèves la main quand je dis quelque chose qui vole. Tu es prêt ? Allons-y !... Avion vole !

Aurélien réfléchit puis lève la main.

— Fumée vole !

Hésitation. La main monte lentement.

— Caillou vole !

Le bras reste en l'air.

— Un caillou, ça ne vole pas ! s'exclame Coussinel.

— Si ! Quand on le lance.

Une voix casse le jeu. Yvon Coussinel est entré dans la pièce.

— Toi, tu ne voles pas, dit-il à son père, tu planes ! Regarde un peu l'heure. On n'a pas encore bouffé !

— Il a raison, reconnaît Julien. Viens, Coulinet, on jouera en préparant à manger.

La porte du Don Quichotte s'ouvre et se referme toutes les trente secondes. Sophie Montebran accroche un regard à la pendule publicitaire fichée dans la hotte du bar.

— Je connais Véro, elle va venir, assure-t-elle à son vis-à-vis.

Elle bredouille des excuses, se lève, disparaît un moment puis revient.

Trente-six ans, blonde, les cheveux au carré, Sophie Montebran ondule dans son jean moulant et fait saillir, sous un chemisier fluide, sa poitrine de femme avertie. L'homme qui est assis face à elle affiche une quarantaine entreprenante. Grand, mince, moustache soignée, le bellâtre tourne nerveusement les glaçons qui baignent dans son Chivas. Dès qu'il s'est confié à Sophie, celle-ci a immédiatement songé à Véro. « Et toi ? avait-il demandé. Tu ne peux pas ? » Sophie Montebran avait regimbé. « Moi ? Impossible. D'abord c'est pas mon truc. Et puis je suis avec quelqu'un en ce moment. »

La porte du Don Quichotte s'ouvre encore. Véro est là. Sophie Montebran se lève, fait un signe à l'arrivante. Les deux femmes s'embrassent.

— Paul Caron, l'ami dont je t'ai parlé, amorce la blonde. Voici Véronique.

Véronique Chambrier s'installe. Sophie Montebran reste debout.

— Paul a besoin d'un service, dit-elle. Payé, évidemment. J'ai pensé à toi. Il va t'expliquer, tu verras bien. Je vous laisse.

Paul Caron observe la brune, se décide enfin.

— Prenez quelque chose ?

— Un kir royal et on se tutoie, je préfère. Alors ?

Véro allume une cigarette, écoute évasive. La maîtresse de Paul Caron est mariée à un emmerdeur. Ce qu'il veut, Paul Caron, c'est mettre le gêneur en porte-à-faux. L'idée consiste à lui coller une femme dans les bras pour le piéger et lui faire endosser les torts.

Véro a compris.

— Les conditions ? demanda-t-elle.

— 1 000 pour l'acceptation, 2 000 pour la prise de contact et 5 000 pour la réussite.

Véro calcule mentalement : 8 000 balles. C'est toujours bon à prendre...

De l'autre côté du pâté de maisons, Coussinel débarrasse la table. Son fils renaude. Le cliquetis des couverts sabote sa série « Alerte à Malibu » diffusée sur la Une. Aurélien va et vient, s'accroche au pantalon de Julien.

— Je peux t'aider, dis, Coulinet ?

Cette fois, c'est Aurélien qui appelle Julien « Coulinet ».

— Si tu veux.

Aurélien rayonne.

— Quand je serai grand, je laverai la vaisselle, comme toi, avec des bulles.

Il réfléchit.

— Et Yvon, il aime pas ça, la vaisselle ?

— Sans doute que non.

Aurélien s'applique à ranger les couverts dans le tiroir du buffet.

— Pourquoi vous vous disputez, maman et toi ? demande-t-il subitement.

Coussinel cherche une réponse, hausse les épaules.

— On ne se dispute pas, on parle.

— Vous allez vous marier ?

— Je ne sais pas. C'est ce que tu voudrais ?

— Oui, pour rester avec toi.

> « ...La rue des Fontaines grimpe à 45 degrés entre la rue du faubourg de la Barre et la rue d'Issoire, à la sortie sud-ouest du cœur de la ville..................
>
> ...Le numéro 14, à gauche en montant, correspond à une bâtisse ancienne rénovée, occupée, au rez-de-chaussée, par une septuagénaire grabataire (Mme Sageot) et, à l'étage, par les époux Roussel .... »

La machine à écrire de Mallet crépite, s'interrompt, lâche une nouvelle salve, tombe à court d'arguments. L'inspecteur a perdu le fil de ses constatations. Les allées et venues dans son bureau y sont pour quelque chose.

— Je t'ai sorti le D.I.[1] de la victime, annonce Roger Vallois, une chemise entre les mains.

Le sous-brigadier archiviste a déjà fureté dans son fichier. Un magicien, Vallois. Son « chapeau » contient des milliers de dossiers qu'il gère avec maestria. Non seulement il classe, déclasse, reclasse, compulse, dépouille documents et procédures, mais il s'intéresse à tout, connaît tout, se souvient de tout. Il tient la chemise comme un bréviaire, en feuillette le contenu.

— Pas grand-chose, poursuit-il. Victime des violences de son ex-amant, plainte pour vol de sac à main, perte de C.N.I.[2]...

— Un ancien amant ? retient Mallet. Son nom ?

— Lesprier Denis.

— Connu ?

— Que pour cette affaire. J'ai vérifié.

Le téléphone joue du fifre. L'inspecteur se contorsionne, décroche sans quitter le clavier de sa machine. Le ton péremptoire du commissaire emplit l'écouteur. Le message aux autorités. C'est vrai. Mallet n'a pas encore eu le temps de s'en occuper. Vallois abandonne le dossier ROUSSEL sur un coin du bureau et retourne à la pêche dans son vivier.

En sortant, il se heurte à Guillaume Madelin qui annonce que le mari de la victime a pu être

1. Dossier individuel.
2. Carte nationale d'identité.

prévenu. Il rapplique par le premier avion. Le téléphone se manifeste de nouveau. Agacé, Mallet répond sèchement puis rectifie l'intonation en reconnaissant la voix du substitut. Le magistrat demande si l'enquête prend une orientation. Un rictus tiraille la bouche de l'inspecteur. Il n'a même pas tapé ses constates, Hermel est retourné faire du porte-à-porte rue des Fontaines et Madelin vient de passer une heure entre le téléphone et le téléscripteur pour que le pauvre bougre de mari soit informé, là-bas, en Polynésie française. Le reste de la troupe ? Deux fonctionnaires. Le premier supplée Mallet à la permanence. Le second officie aux plaïntes. Cinq présents sur un effectif de onze. Lot commun des circonscriptions moyennes.

Mallet se contient. Il enfonce la touche de l'amplificateur pour que Madelin puisse profiter de la communication.

— Pas encore, monsieur le substitut.

Le magistrat se racle la gorge, s'aménage un temps de réflexion, annonce que l'autopsie aura lieu à 16 heures. Il évoque l'ouverture imminente de l'information[1] et la saisie probable du S.R.P.J.

— Le taulier[2] va être ravi ! observe Mallet en reposant le combiné. Lui qui veut garder le maximum d'affaires.

Madelin lève les bras, fataliste.

— Je retourne glaner des renseignements sur ta macchab, lance-t-il en quittant le bureau.

« ...La porte d'entrée ne présente aucune trace d'effraction. La serrure est en parfait état de fonc-

1. Information judiciaire au cabinet du juge d'instruction.
2. Commissaire.

tionnement et le pêne dormant est en position de non-verrouillage .... »

Mallet a repris le cheminement de son P.V.[1]. Il décortique les notes griffonnées sur place, se projette mentalement l'état des lieux.

« ...Derrière cette porte, découvrons le corps sans vie d'une femme blonde, plutôt grande, de corpulence mince, âgée d'une quarantaine d'années..

...Le corps repose dos au sol suivant un axe sensiblement parallèle aux murs du couloir, la tête à un mètre de la porte d'entrée, les pieds vers l'escalier du fond, les jambes légèrement fléchies, le bras gauche le long du buste, le bras droit replié sur la poitrine ....

...La femme est vêtue d'une veste rouge, d'un chemisier blanc dont le 2e bouton (en partant du col) a été arraché, d'une jupe marine, longue et ample, avec fente sur le côté, d'une paire d'escarpins noirs, d'un soutien-gorge et d'une culotte en dentelle blanche ....

...Ces sous-vêtements ne présentent aucune trace suspecte..

...Elle porte aussi une montre rectangulaire fond noir et boîtier doré en état de marche avec bracelet cuir noir, une paire de boucles d'oreilles (clips) rondes en métal jaune .... »

L'inspecteur s'arrête soudainement. Quinet s'impose dans l'embrasure de la porte.

— J'ai passé du magnabrush[2] sur ton enveloppe, annonce-t-il. Aucune trace exploitable. Quant aux lettres découpées, elles proviennent sûrement d'une revue. Mais laquelle ?

1. Procès-verbal.
2. Poudre magnétique pour relevés d'empreintes sur du papier.

— Il faudra chercher, réplique Mallet en reprenant son mitraillage intensif.

« ...L'état de rigidité cadavérique laisse supposer que la mort remonte à une quinzaine d'heures au moins. (Il est alors 12 h 40).
...Le curetage.. »

Nouvel arrêt. Mallet bute sur le terme « sous-unguéal », fulmine un moment, change de formule.

« ...Le curetage des ongles reste négatif.............. »

L'heure tourne. L'inspecteur signe enfin ses six pages dactylographiées en cinq exemplaires. Dont acte. Bardé de son attirail, Quinet attend en compagnie de Madelin. Mallet enfile son blouson. Le légiste doit être à pied d'œuvre à la morgue. Sur le palier, les trois hommes tombent sur Blanchard et Mercier, de la presse locale. Au grand dam des journalistes, Mallet leur explique qu'il ne peut rien communiquer. Toutefois il leur confirme les informations qu'ils détiennent déjà et leur demande le silence sur certaines d'entre elles. De par leur honnêteté professionnelle et eu égard à leurs relations avec la Sûreté, Blanchard et Mercier ont toujours respecté les règles du jeu.

En descendant, Mallet et ses collègues télescopent Hermel qui revient essoufflé.

— Drôle de fille, ta Géraldine Roussel, halète-t-il. Histoires de fesses et de fric. On la voyait souvent au Quibus.

— Tape un P.V. de renseignements, lui lance Mallet en dégringolant les dernières marches. Nous sommes à la bourre pour l'autopsie.

CHAPITRE 4

1er mai. 11 h 30. Mallet gare tant bien que mal la Citroën du service dans une rue perpendiculaire à celle du Quibus. La veille, après l'autopsie, Madelin, Hermel et lui ont déboulé dans l'estaminet pour apprendre que Géraldine Roussel s'y trouvait encore peu avant sa mort. Les auditions n'ont pas donné grand-chose. La prolixité futile du tenancier, l'amertume de Coussinel, les larmes de Muriel Baron et les sarcasmes de Véronique Chambrier n'ont pas fait avancer l'enquête. Seul, le lamaneur[1], un certain Gilbert Lormier, a bien voulu lâcher quelques sous-entendus évocateurs sur la moralité de la victime. Le mari trois mois l'année, l'amant d'un soir le reste du temps. Confirmation de ce qu'avait recueilli Hermel.

Le Quibus bourdonne. Mallet se plante au bar. Le patron l'a reconnu aussitôt.

— Alors, inspecteur, du nouveau ?

— Pas vraiment.

Les autres se sont tus. Muriel Baron se remet à pleurnicher.

1. Pilote chargé d'orienter les navires à l'entrée et à la sortie des ports, dans les passes, les chenaux.

— Il faut trouver le fumier...

Elle ravale ses larmes. Les conversations reprennent. Véronique Chambrier n'est pas là. Julien Coussinel s'approche, serre la main du policier. Le bonhomme tient un cornet de muguet orné d'une faveur blanche.

— 1er Mai oblige, explique-t-il en surprenant le regard de l'arrivant. C'est pour mon amie.

Coussinel a l'œil pétillant d'un gosse qui brûle du plaisir d'offrir.

— Pas marié, inspecteur ? demande-t-il en aparté.

— Séparé. Difficile d'être policier et bon époux à la fois.

— Vous prenez quelque chose ?

— Volontiers, mais c'est moi qui offre.

Les deux hommes se sont écartés machinalement des autres consommateurs.

— Triste fin, amorce Coussinel. Ça fait drôle de penser qu'elle trinquait encore avec nous...

— Elle menait une vie un peu dissolue, je crois.

Coussinel esquisse un mouvement d'épaules.

— On la voyait dans les bars.

— Des aventures, sûrement ?

— Elle se laissait aborder facilement, histoire de se faire rincer toute une soirée. Pour le reste, je n'ai jamais tenu la chandelle. Elle racolait surtout des gars de passage. Représentants ou autres.

— Votre amie en saurait peut-être davantage ?

— Véro ? M'étonnerait ! Et même si c'était le cas, elle ne vous dirait rien. Véro c'est Véro ! Essayez plutôt du côté de Muriel Baron qui est là, derrière, ou de Sophie Montebran. Encore que...

Coussinel lève son verre.

— Santé, inspecteur ! Vous m'excuserez mais le petit va m'attendre.

— Quel âge a-t-il ?

— Quatre ans et demi.

Mallet sourit. Il a l'air d'un brave type, ce Coussinel. Le patron du Quibus a profité de l'inattention du policier pour le resservir. L'inspecteur ne proteste pas.

— Denis Lesprier, ça vous dit quelque chose ? demande-t-il à Coussinel.

— Lesprier ? Un ex de Géraldine. Du jour où elle l'a laissé, il s'est mis à la traquer. Il la cherchait partout. Il a même tapé dessus. Mais c'est de l'histoire ancienne. Lesprier s'est recasé depuis.

Mallet refuse de piocher dans le paquet de maïs que lui tend le sexagénaire. La porte vitrée du Quibus s'ouvre. Véronique Chambrier s'inscrit dans le décor, la minijupe ravageuse. Elle salue l'assistance, marque un temps d'arrêt en constatant la présence de l'inspecteur, accroche Coussinel.

— Tu te fous de ma gueule ou quoi ? J'ai besoin de nippes et la turne est bouclée !

Sa voix cassée couvre le bourdonnement du bar. La couperose de Coussinel s'accentue. Il balbutie comme un môme pris en faute.

— Et Aurélien ? Où est-il ? enchaîne Véro.

— Chez les boulangers du dessous. Il les regarde préparer leurs gâteaux. Il en mange un peu, forcément.

La brune se calme. Coussinel en profite pour lui donner ses brins de muguet. Véro se met à rire.

— Tu me fais marrer avec tes conneries ! Je préférerais un billet de 10 sacs !

Coussinel prend un air de chien battu. Son regard furtif du côté de Mallet ressemble à un appel au secours.

Mallet a beau tourner et retourner le bouton entre ses doigts, il ne voit décidément pas. Il laisse glisser l'objet dans un sachet transparent qu'il étrangle d'un bout de ficelle de cuisine. Il y enfile une étiquette à scellé, verrouille le tout. Une bougie usée d'une main, le reste d'un bâton de cire de l'autre, l'inspecteur lâche un juron en se brûlant. Il humecte de salive le sceau en laiton qu'il applique sur la coulée. « Sûreté nationale — Seine-Inférieure. » Ça date de Mathusalem mais qu'importe. Le cachet a laissé son empreinte bien ronde. De la Bénédictine !

Mallet allume une cigarette, s'installe à son bureau, médite sur les conclusions du légiste. L'arme du crime est un fil d'acier torsadé. Vraisemblablement un câble de frein de bicyclette. L'inspecteur passe en revue les têtes du Quibus, en recherche une qui aurait la mine de l'emploi. Rien ne prouve pourtant que l'assassin de Géraldine Roussel soit un habitué du bar. Un habitué qui l'aurait attendue. Attendue ou suivie...

Un éclair traverse l'esprit du policier. Il reprend la procédure, la feuillette rapidement, parcourt l'audition de Bonardin, le tenancier. C'est Hermel qui l'a entendu. Mallet retrouve le passage qui n'avait pas arrêté son attention.

> « Géraldine Roussel est sortie du Quibus vers 18 h 15, juste avant Julien Coussinel... »

Non. Mallet imagine mal le sexagénaire en assassin. Curieusement, il lui trouve des points communs avec le mari de la victime. Cette allure pataude, sans doute. Ou cet air fourbu. Le conducteur de travaux est revenu du bout du monde. La bonne pâte a paru désarçonnée, anéantie. Des gouttes de sueur ont perlé sur son front lorsque l'inspecteur divisionnaire Grimbert, de la P.J., lui a parlé des écarts de son épouse. Droit au but. Le S.R.P.J., sur le point d'être saisi, entend mener l'affaire tambour battant. Le bougre a chancelé. Il avait des doutes mais ne voulait rien savoir. « C'est de ma faute, a-t-il culpabilisé. Je n'étais jamais là. » Puis il a pleuré.

Denis Lesprier, l'ex-amant de Géraldine Roussel, est lui aussi, passé devant la « batteuse[1] ». Ses yeux se sont plissés lorsqu'il a évoqué ce souvenir dont il avait eu peine à se défaire. Lesprier a visiblement trouvé son équilibre ailleurs. Pour lui Géraldine Roussel était morte depuis longtemps.

Véronique Chambrier et Muriel Baron ont rejoint Sophie Montebran au Don Quichotte. Véro a amusé la galerie en racontant ses frasques et fait cracher plus d'un quidam au bassinet. Le champagne n'a cessé de pétiller dans les flûtes du trio émoustillé. Les heures se sont égrenées. Véro a été prise en main par deux représentants en goguette, Sophie Montebran a sauté dans le véhicule d'un type qui a klaxonné deux fois devant la brasserie.

Muriel Baron sirote le fond de son verre, regarde sa montre. Il ne lui reste que le temps de filer pour la séance de 21 heures. Heureusement, l'Étoile n'est qu'à deux cents mètres. Un petit signe à Véro et elle se dirige vers les portes vitrées. Véro abandonne ses deux lutins, rattrape la caissière de cinéma.

1. Machine à écrire.

— Tu me laisses ?

— Le boulot, ma grande ! Je repasserai après la dernière séance. Tu seras peut-être encore là ?

— Peut-être. J'ai l'impression que je vais bosser aussi.

Elles rient. Muriel Baron s'éloigne. Véro s'isole au publiphone avant de rejoindre ses deux V.R.P. en ribote. Une chance inouïe, l'un d'eux travaille avec Régis Belmonte, le mari embarrassant de la maîtresse de Paul Caron. Véro pense à son contrat. Mais d'abord, elle se doit de faire casquer les deux zigotos. Un repas pour commencer. Une passe bien majorée ensuite. Du travail facile d'autant que le premier de ces messieurs n'est plus en état de forniquer. Véro se frotte mentalement les mains. Les affaires reprennent.

Julien Coussinel vient d'éteindre la télé. Son fils Yvon est parti traîner. Aurélien s'est endormi dès le journal de 20 heures. Julien l'a bordé dans son grand lit. Qu'importe, puisque Véro ne rentrera pas. Coussinel tourne en rond. Il rallume une maïs, vide sa canette de bière. Il n'est que 22 h 40. Coussinel se décide. Il enfile sa veste, sort sans bruit en laissant brûler le lustre de la salle.

Il marche dans la nuit fraîche. Rues de l'Épée, du Haut-Pas, Duquesne... Une halte devant les affiches suggestives du cinéma Étoile. Un flash lubrique pour Véro. Il repart, le pas lourd, double l'endroit où se tenait l'épicerie Aux Caves Duquesne. Une parcelle de ses souvenirs. Un temps où toutes les filles lui tombaient dans les bras. Même Véro aurait succombé. Mais, à cette époque-là, aurait-il voulu de Véro ?

Le port est proche. Combien de fois a-t-il traîné

ses guêtres par ici ? Au début de leur mariage, ils y venaient, Marcelline et lui. Elle le « crochait », comme elle disait, et ne le lâchait plus de la balade. Le dimanche, ils grimpaient par les escaliers de la place du Petit-Fort, longeaient le sentier des douaniers, y batifolaient à l'allée, moins souvent au retour. Marcelline finissait sans chaussures. Ils riaient, riaient encore. Le temps avait passé. Et voilà dix ans que Marcelline ne riait plus.

Coussinel se plante au bord du bassin. Les mains dans les poches, il scrute le fond des eaux. Un frisson le secoue comme une décharge électrique. 23 h 45. Une nouvelle Gitane entre les lèvres, il rebrousse chemin. Le cinéma est toujours éclairé. Rue du Haut-Pas, sa maïs s'est éteinte. Il s'enfonce sous un porche, craque une allumette, en essaie une autre, y renonce, jette le reste de sa cigarette, revient sur le trottoir. Il est une heure.

Au bout de la rue, les gens débouchent par grappes. L'Étoile a ouvert ses vannes.

Muriel Baron a remis la recette au directeur et bouclé la caisse. Elle enfile son trench, abaisse les interrupteurs des éclairages extérieurs, donne deux tours de clé à la porte du guichet. La rue est déserte. Les spectateurs, peu nombreux il est vrai, ont disparu. Une envolée de moineaux.

Le bruit de ses talons résonne. Elle hésite. Retourner au Don Quichotte ou aller chez elle ? Elle se sent lasse. Elle n'a cessé de bâiller toute la soirée. Sa décision est prise. Elle rentre.

Ses talons reprennent leur rythme. Elle longe la bordure du trottoir, à l'écart des portes cochères peu rassurantes. La rue du Haut-Pas, elle-même, n'est guère engageante. Le 25 est là, tout près. Elle s'enfonce dans l'obscurité du porche, cherchant déjà sa clé au fond de son sac. Soudain elle sent une présence derrière elle. Aussitôt, un fil métallique l'attrape à la gorge. Elle veut hurler mais son cri avorte en râle. Elle tente de résister. Son agresseur exhale dans sa nuque une haleine de bière et de tabac. Il serre, serre de plus en plus fort. Muriel Baron a lâché son sac. Ses yeux sont pleins de larmes. Ses poumons vont éclater. Elle a mal. Elle suffoque. Son cerveau s'embrume.

— Tu l'as cherché, salope !

Muriel Baron est lourde, flasque. Il faudra pourtant la traîner jusqu'à la cavité repérée dans la courette intérieure. Le faisceau étroit d'une lampe s'immobilise sur le chemisier de la grosse brune. Le deuxième bouton tient bon. Un coup de canif à la racine. Le fruit est cueilli. La récolte libératrice continue...

Avant de se laisser embarquer, Véro a annoncé la couleur. « 800 balles par tête. Et encore, je suis dans un jour de bonté ! »

Comme elle l'avait pressenti, le premier hallebardier a baissé pavillon d'entrée de jeu. Le second, lui, a voulu amortir son investissement mais s'est vite retrouvé à court d'arguments. 1 600 balles quand même. Et payées cash. La bonne aubaine. Véro n'a pas perdu son temps, d'autant que le deuxième V.R.P. s'est laissé tirer les vers du nez au sujet de Régis Belmonte. Il lui a même promis une rencontre. Inespéré.

Véro se prélasse. Le réfrigérateur de la chambre est bien garni. Elle s'octroie un whisky-glace, allume une Marlboro. Les deux hommes cuvent dans leur coin. Le portefeuille ouvert du premier dégueule quelques coupures froissées sur le guéridon. Véro se rhabille, attrape son sac à main.

— Bonne nuit, les petits !

Pas de réponse. Elle tire subrepticement l'un des billets. 200 francs. Plutôt un pourboire que de l'entôlage. Et puis l'autre n'y verra que du feu.

Mallet a dû transmettre sa procédure au procureur qui a requis l'ouverture d'une information. Le S.R.P.J. a été saisi rogatoirement de l'assassinat de Géraldine Roussel. L'inspecteur divisionnaire François Grimbert et l'inspecteur Franck Lefebvre ont installé leurs quartiers dans un bureau provisoirement inutilisé de la Sûreté. La permanence a repris ses droits. Deux « roulottiers »[1], en garde à vue, un suicide par pendaison dans la matinée. De quoi occuper le duo de service.

Mallet a tombé la veste. De l'autre côté de la cloison, Vincent Hermel emballe sa machine à écrire. Pour eux, « les chats écrasés » relèguent Géraldine Roussel au second plan. Mallet entend l'un des « roulottiers » pour la troisième fois. L'autoradio qu'il avait sous le bras lorsqu'il a été épinglé ne provenait pas du véhicule fracturé dix mètres plus loin. Non, il l'a trouvé dans une poubelle. Il n'en démord pas. Logique. La nuit, les poubelles regorgent de surprises. Quant à l'autre, il ne connaît ni son comparse ni personne. Il se

1. Auteurs de vols dans les véhicules.

baladait là par hasard. Un tournevis et une lime à ongles en poche... Rien de plus normal à 3 heures du matin. Les deux multi-récidivistes connaissent la musique. Ils ne risquent pas grand-chose, de toute manière. Et ils le savent.

— Ta poubelle, remarque Mallet, elle avait sûrement quatre roues et une antenne sur le toit.

Le téléphone l'interrompt. La famille du suicidé est à l'accueil. Le policier fait descendre son éboueur nocturne en garde à vue, remonte en compagnie d'une femme et de deux grands enfants éplorés. Les réjouissances continuent.

Dans la matinée, la jeune T.U.C.[1] de la réception lui apporte une enveloppe.

— Un clochard m'a remis ça. Il l'aurait trouvé devant le commissariat. C'est à votre nom.

Des lettres découpées... « Inspecteur Malet » avec un seul « l »... Le policier a déjà entraîné la jouvencelle dans le couloir.

— Où est-il ce clodo ?

— Il est reparti aussitôt.

— Il y a combien de temps ?

— Une dizaine de minutes. Je n'ai pas pu vous prévenir. Vous étiez occupé et moi, j'avais du monde.

Mallet fulmine. La pauvrette est cramoisie.

— Comment était-il ? jeune ? vieux ?

— Difficile à dire, bredouille la gamine. Avec la barbe... Il n'était pas très grand, plutôt mince. Un blouson de suédine, les cheveux en bataille.

— Dans quelle direction est-il parti ?

— Vers la gare, je crois.

Mallet sait que Vincent Hermel est en audition.

1. Travail d'utilité collective.

Il se précipite chez Madelin, lui explique en deux mots. Quelques secondes leur suffisent pour dégringoler les marches et cavaler jusqu'à la gare. Les clodos n'y manquent pas. Des grands, des petits, des vieux, des jeunes, des gros, des maigres... Mais aucun blouson de suédine.

Les deux hommes reviennent bredouilles. Hermel a deviné qu'il se passait quelque chose et a rejoint ses collègues dans le bureau de Mallet. Celui-ci décachette l'enveloppe avec précaution. Un petit bouton roule sur son sous-main.

Les regards s'interrogent.

— Ça recommence, constate Mallet, perplexe. Hermel se penche pour mieux voir.

— Merde ! Tu crois que...

— J'en ai peur.

— C'est une histoire de dingue ! Pourquoi cette mise en scène ?

— Il faut encore chercher dans les affaires que tu as traitées, conseille Madelin. Il doit y avoir un rapport avec l'une d'entre elles.

— J'ai beau fouiller les archives et me creuser les méninges, je ne vois pas...

— Il faut prévenir les gars de la P.J., conclut le divisionnaire. Ils prennent une déposition au 112.

Mallet a débusqué les hommes du service régional dans le dernier bureau de la Sûreté. Grimbert a entrouvert la porte prudemment comme si on allait lui voler le secret de son audition. Par l'entrebâillement, Mallet a reconnu, devant la machine de Lefebvre, Julien Coussinel assis sur le bout d'une chaise, les genoux serrés, l'air penaud.

Les dernières nouvelles n'ont pas tiré Grimbert de son impassibilité.

— Plus qu'à attendre, a t-il tout bonnement

déclaré. L'Identité judiciaire va se charger de l'enveloppe et du bouton. Je m'occupe d'aviser le juge.

Sur ces mots, Grimbert est retourné tracasser Coussinel et Mallet ses « roulottiers ».

11 heures. Coussinel redescend de la Sûreté. Les enquêteurs de la P.J. lui ont posé moult questions plus insidieuses les unes que les autres. Au pied de l'escalier, il se heurte à Mallet qui feint l'étonnement.

— Vous revoilà dans nos murs ?

— J'étais convoqué par la P.J., explique le sexagénaire. Entre nous, j'aurais préféré avoir affaire à vous.

— Pourquoi ça ?

— Parce qu'ils m'ont passé au crible, vos collègues.

Mallet ébauche un haussement d'épaules compatissant.

— Il s'agit d'un crime.

— Je comprends, mais c'est la façon de poser les questions... Vous avez cinq minutes ? enchaîne-t-il. Je vous offre un verre à côté.

La proposition a surpris Mallet. Le policier hésite. Coussinel l'intrigue. La curiosité l'emporte. Les deux hommes se faufilent dans le sas des portes vitrées, longent l'hôtel de police en direction du buffet de la gare, à trente mètres de là.

— J'aurais aimé faire votre métier, remarque Coussinel.

— C'est pas toujours ce qu'on croit !

— Je m'en doute ! Faut dire que vous n'êtes pas soutenus. Les types que vous arrêtez sont remis dehors aussitôt ! Tout juste s'ils ne vous font pas des bras d'honneur en ressortant. Par contre, vous, les policiers, pas de cadeau ! Quelle société !

Mallet acquiesce distraitement. Il connaît le chapitre par cœur. « Et puis vous manquez d'effectifs, une ville comme ici », « Avec toute la paperasse que vous vous tapez, les délinquants ont le temps de courir ! », « De toute manière, ils ne sont jamais punis », « Les victimes n'ont plus que leurs yeux pour pleurer ! »... Tout y passe.

— C'est comme ça, entérine le policier résigné.

Dans un coin, des potaches en rupture de tableau noir enfument le buffet. Un barman interpelle les deux hommes du menton.

— Un rosé ! commande Coussinel.

Mallet regarde l'heure, embarrassé.

— La même chose, se décide-t-il.

— Vous devez avoir du boulot avec tout ça, avance le sexagénaire en prenant son verre.

Coussinel veut parler du crime, naturellement.

— Ce sont les gars de la P.J. qui ont l'affaire, lui rappelle l'inspecteur.

Coussinel déglutit son rosé, émet un léger clappement.

— C'est vrai. Vous savez pourquoi ils m'ont encore interrogé ? Parce que je suis sorti du Quibus juste après Géraldine Roussel. Comme si je l'avais suivie ! Vous parlez !

Il allume la dernière maïs de son paquet, reprend :

— De toute manière, l'assassin n'est sûrement pas un habitué du bar. Qui voudriez-vous ?

— Les enquêtes réservent bien des surprises, figurez-vous.

— Sans doute, mais, comme il connaissait la victime, les pistes ne doivent pas manquer par ailleurs.

— Vous ne l'estimiez guère, observe Mallet.

Coussinel fait la moue.

— Je n'avais pas plus d'antipathie pour elle que de sympathie. Nos relations étaient celles de clients du Quibus, sans plus. Et puis, elle connaissait bien Véro.

Le sexagénaire a sorti quelques pièces de son porte-monnaie râpé.

— Vous reprenez la même chose ? demande l'inspecteur.

— Si vous voulez.

Le rosé frais sollicite leurs papilles gustatives. La conversation glisse un peu sur la qualité des vins, puis sur l'art culinaire. Coussinel n'a jamais mis les pieds ailleurs mais il connaît sa géographie gastronomique. Mallet regarde l'heure, accélère le mouvement.

— Je dois filer, dit-il en reposant énergiquement son verre.

Coussinel lui tend la main, puis se dirige vers le tabac-journaux, fouille dans les revues. Mallet l'observe de loin. Finalement, le sexagénaire achète des cigarettes.

Véro claque la porte. Elle vient de satisfaire les désirs du boulanger. Le lourdaud lui est tout entier soumis. Elle inspecte les pièces une à une. Yvon Coussinel se rase, torse nu, dans la salle d'eau.

— Julien n'est pas là ? demande-t-elle.

— Ça se verrait, grogne l'interpellé.

— Et Aurélien ?

Le fils Coussinel ne répond pas. Aurélien doit être dans la boulangerie avec la Noget.

Véro passe dans la chambre, se dévêt, ouvre

l'armoire grinçante de Coussinel, jette une jupe et un chemisier sur le lit. Elle traînasse dans l'appartement, feuillette une revue abandonnée sur le buffet, attend que la salle d'eau se libère. Lorsque le fils Coussinel ressort, elle ne dissimule pas sa nudité. D'aguicher ce rustre de trente-huit ans l'amuse. Elle le provoque. Elle aimerait le pousser à la tentation. Elle l'observe en coulisse, guettant une lueur lubrique dans son regard torve. Rien. Pas un soupçon de convoitise. Pire, son expression affiche le dédain. Véro se sent offensée. Elle crache intérieurement sur ce pisse-froid et gagne la salle d'eau en flottant des hanches.

Elle s'essuie une jambe, le pied sur un tabouret, lorsqu'une main impudique se faufile entre ses cuisses. C'est Julien. Elle ne l'a pas entendu arriver.

— C'est malin ! le rabroue-t-elle. Tu m'as fait sursauter !

— Qui voulais-tu que ce soit ?

Un flash traverse l'esprit de Véro.

— Justement ! dit-elle, je trouve que ton fils m'épie un peu trop en ce moment.

Julien Coussinel a pâli.

— Il ne t'a pas manqué de respect, j'espère ?

— Non, mais depuis quelque temps il m'observe d'une certaine façon. C'est le genre de chose que les femmes ressentent d'instinct.

— Je vais aller lui parler, s'emporte Coussinel.

— Oh ! je t'en prie ! Pas d'esclandre ! Je suis assez grande pour le remettre à sa place !

Véro se coiffe, se pomponne, se glisse dans la chambre, enfile une petite culotte, agrafe son soutien-gorge, ajuste sa jupe et son chemisier sous l'œil contemplatif de Coussinel.

— Arrête de me regarder comme ça, lui lance-t-elle. Tu m'agaces à la fin !

Coussinel n'insiste pas. Il quitte la chambre avec amertume. Son fils est devant la télé. La porte d'entrée s'ouvre. Aurélien est remonté.

— Coulinet ! J'ai fait des croissants gros comme ça !

— La ferme ! l'interrompt Yvon Coussinel captivé par son téléfilm.

Véro fait irruption.

— Viens, Aurélien ! Tu vois bien que tu déranges !

— Y'a pas que lui ! gourmoule encore le passionné du petit écran.

Véro s'en prend au père de l'impudent.

— Puisque c'est ainsi, nous allons chercher refuge ailleurs, mon fils et moi !

Coussinel chevrote.

— Allons ! Tu sais comment il est, Yvon. Et, se tournant vers l'intéressé : N'oublie pas que tu es chez moi, ici ! Si t'es pas content, t'as qu'à partir !

L'autre n'écoute même pas.

Véro attrape son sac et son blouson, se dirige vers la porte, embrasse Aurélien sur le front.

— Ne t'inquiète pas, mon baisot, je vais trouver une maison où nous ne dérangerons personne !

CHAPITRE 5

Sophie Montebran allume une nouvelle cigarette, croise haut ses jambes cuivrées.

— Vous étiez une amie de Muriel Baron, n'est-ce pas ? demande Grimbert.

— Oui, fait la blonde en contenant ses larmes.

— Et de Géraldine Roussel ?

— Aussi.

— Vous connaissiez donc leurs habitudes, leur façon de vivre, leurs fréquentations ?

Sophie Montebran balance du chef.

— Je ne sais pas tout.

Elle jette un regard du côté de Mallet qui se tient coi. Le divisionnaire de la P.J. a pris la direction des débats, alors il écoute. Pendant ce temps, Lefebvre et Madelin sont partis rendre visite au directeur du cinéma Étoile. Hermel, quant à lui, est retourné, avec une équipe, interroger les riverains de la rue du Haut-Pas.

Tout s'est bousculé depuis 13 heures, quand Mallet est descendu avaler un sandwich au café du coin. Le départ au « deux-tons »[1] de la P.S. l'a

1. Sirène à 2 tons.

fait revenir dare-dare. Découverte de cadavre dans une courette du centre. Il s'y attendait. L'inspecteur a filé sur place. Même scénario que pour Géraldine Roussel. Traces de strangulation, second bouton du chemisier manquant. Un bouton qui a roulé sur le sous-main de Mallet quelques heures plus tôt. La victime : Muriel Baron, une brune un peu épaisse qui vivait seule au deuxième étage du vieil immeuble. Tout l'appareil policier s'est mobilisé. Les gars de l'Identité judiciaire ont ratissé le terrain. Leurs découvertes : un paquet de Marlboro vide, deux allumettes, une Gitane maïs sans filtre à peine entamée.

Sophie Montebran tourne nerveusement l'énorme bracelet brésilien qu'elle porte au poignet droit.

— Vous ne savez pas tout, reprend Grimbert, mais vous pouvez nous éclairer un peu. Muriel Baron avait-elle quelqu'un dans sa vie ?

La blonde fait la lippe.

— Muriel aimait trop son indépendance.

— Avait-elle... comment dirais-je ? des liaisons ?

— Ça lui arrivait. Sûrement, oui.

— Il nous serait utile de savoir...

— Avec qui ? coupe Sophie Montebran. Alors là ! vous m'en demandez trop ! Je ne me préoccupais pas de la vie sexuelle de Muriel.

— Quelles relations entretenait-elle avec Géraldine Roussel ?

— Celles qu'elle entretenait avec Véronique Chambrier et moi. Nous fréquentions les mêmes endroits.

— Les mêmes personnes aussi, ajoute Mallet.

— Peut-être les mêmes hommes, ose Grimbert.

Sophie Montebran le fusille du regard.

— Les mêmes hommes et les mêmes femmes, rectifie-t-elle.

Le divisionnaire soupire comme s'il venait de perdre son temps. Mallet guette dans son expression le moment où il va l'appeler en renfort. En vain.

— Vous ne voyez rien qui puisse nous mettre sur la voie ? finit-il par demander, à bout d'arguments.

— Hélas, non.

— Une anecdote, un fait qui aurait associé Géraldine Roussel et Muriel Baron dans une situation particulière ?

Sophie Montebran réfléchit.

— Non. Franchement non.

Grimbert, le quinquagénaire filiforme de la P.J., observe la jeune femme par-dessus ses lunettes comme s'il escomptait encore quelque chose. Rien. Qu'un long silence que le divisionnaire rompt en faisant crépiter sa machine à écrire. Sophie Montebran persiste et signe. Dans le couloir, le patron du Don Quichotte attend son tour. Grimbert lui demande de patienter. Il repousse la porte, met de l'ordre dans ses feuillets, s'adresse à Mallet :

— Qu'est-ce que tu en penses, toi ?

— Je pense que les victimes n'ont pas été choisies au hasard puisque Géraldine Roussel et Muriel Baron étaient amies. L'inquiétant, c'est qu'elles l'étaient aussi avec Sophie Montebran et Véronique Chambrier. Si notre étrangleur à l'intention de remettre ça, les deux copines pourraient bien être en danger.

Planté au milieu de la pièce, Grimbert cogite.

— Tu as raison, admet-il enfin. Il faut protéger ces deux nanas.

Mallet tend le cou. Son téléphone sonne dans le vide, là-bas, au fond du couloir.

— Excuse-moi, dit-il.

— Vas-y, nous reparlerons de ça avec les autres.

Mallet se précipite pour décrocher.

— Inspecteur Mallet ? Jacques Bonardin à l'appareil. Le patron du Quibus. J'aurais voulu vous parler. Si vous pouviez passer...

— Naturellement. J'arrive.

L'inspecteur de la Sûreté abandonne Grimbert à sa procédure, dévale au poste, s'arrête net devant le tableau de clés. Pas de véhicule.

— Attends cinq minutes ! lui lance le « radio » qui l'a entendu grommeler. Tu as Triton 8[1] qui rentre.

Mallet patiente en feuilletant la main courante. Côté cour, les portes vitrées s'ébranlent. Les gardiens de la paix ramènent deux clochards vacillants. Ça gueule, gesticule et pue. Le calme revient. Mallet s'approche.

— Connaissez pas l'un des vôtres qui aurait un blouson de suédine ? Un gars moyen, plutôt mince, avec la barbe ?

Les deux cloches le regardent, ahuris.

— Un nouveau ? demande le moins azimuté.

— Probable.

— J'en ai déjà vu un comme vous dites, avec un blouson en sorte de daim.

— Et une barbe ?

— Oui, un bouc.

1. Indicatif radio.

— Où le trouve-t-on ?

— Ça ? Mystère. Ni à la gare ni dans le parc, en tout cas. Je l'ai aperçu une fois à l'église Saint-Jacques et une autre aux taxis.

Un hoquet met un point final à l'entretien. Inutile d'insister. Rien ne prouve d'ailleurs que le mendigot ne raconte pas des bourdes.

Triton 8 a annoncé son retour. L'équipe Hermel débarque dans la cour.

— Alors ? demande Mallet.

— Pas grand-chose de plus. Le voisin de palier de Muriel Baron n'est jamais là, le voisin du dessous est gâteux et les locataires de l'autre aile ne connaissaient guère la grosse brune.

— Avec ça ! soupire Mallet.

La porte du Quibus est grande ouverte. Le patron se trouve seul derrière son bar. L'heure creuse. Bonardin serre la main du policier, lui propose un verre, se décide enfin.

— C'est au sujet de Gilbert Lormier. Vous savez, le lamaneur ?

Mallet s'en souvient parfaitement. Un type de quarante-cinq ans, le cheveu ras et le nez busqué. Il l'a entendu après le meurtre de Géraldine Roussel.

— Oui, je vois.

Bonardin hésite, bafouille. Il n'avait pas fait le rapprochement, mais là ! Il se donne bonne conscience, se gargarise de futilités, atermoie, baisse le ton. Il y a un an, Muriel Baron, sous prétexte de se lancer comme camelot dans la vente de pacotille, a emprunté de l'argent à Lormier. Une fois le fric en poche, elle a abandonné son projet et n'a jamais remboursé son créancier. L'importance du prêt ? Question d'appréciation. 50 000 francs.

— Je comprends, déclare Mallet, mais de là à l'étrangler ! Et puis ça n'explique pas Géraldine Roussel.

— Justement ! Sans elle...

Le cafetier a gardé le reste pour la bonne bouche. A l'époque, Géraldine Roussel a usé d'avances prometteuses pour influencer le lamaneur. De toute évidence, les deux copines étaient de mèche et le projet de Muriel Baron une histoire bidon. Lormier a bien tenté de récupérer son argent, mais un prêt de la main à la main... Et puis, il ne voulait pas de publicité. A cause de sa femme, naturellement.

Mallet demeure perplexe. Comment pouvait-elle tout ignorer ? Bonardin se montre loquace. Les Lormier ont chacun leur compte et le lamaneur dispose de ses revenus comme il l'entend. Inévitablement, il lui arrivait de revoir Géraldine Roussel et Muriel Baron au Quibus mais il ne laissait rien paraître devant les autres.

Mallet repose son verre. Lormier aurait-il pu assassiner les deux femmes par vengeance ? Là est la question. Question que le patron du Quibus élude à grand renfort de « pourquoi pas ? », d'« après tout », d'« on ne sait jamais ». Prudent, Bonardin. Pourtant la langue lui démange. Lormier est plutôt un ceci, un cela. Du genre fier et rancunier. Avant, il passait son temps à dénigrer les autres...

— Et vous ? questionne Mallet.

— Oh ! moi aussi, évidemment !

L'inspecteur commence à saisir. Il prend congé lorsque, tirant un bambin par la main, Julien Coussinel franchit le seuil du café.

— Le bruit a couru pour Muriel Baron, dit-il

avec une mine de circonstance. C'est un désaxé, le type qui fait ça !

— Pas sûr, répond Mallet.

— Ça devient inquiétant en tout cas.

Coussinel lorgne du côté des verres, fait signe à Bonardin de servir.

— Et toi, Coulinet, un jus de fruit ? demande-t-il au gosse.

— C'est le fils de Véro, explique-t-il.

— Il a l'air sage.

Le sexagénaire tapote la petite tête blonde.

— Toujours avec Julien ! Hein, Aurélien !

Mallet lève son verre. Coussinel l'imite.

— Quand je pense à Muriel Baron, reprend ce dernier. Ça fait froid dans le dos.

— Curieux hasard quand même, remarque Bonardin. Deux femmes, deux copines... Et puis, jamais deux sans trois...

Coussinel interroge le policier du regard.

— Vous croyez que Véro...

— Nous avons prévu sa protection.

— Sa protection ? Savez, Véro, faudrait l'enfermer pour la protéger !

— Ne vous tracassez pas, nous allons le coincer ce tueur.

— Un tueur comme dans la télé ? demande Aurélien.

Coussinel sourit.

— Oui, comme dans la télé, Coulinet.

Jazz en sourdine, lumière tamisée et chuchotements d'alcôves, le Salon Duquesne filtre de la clandestinité. Véro se trémousse dans un fauteuil du bar de luxe. Régis Belmonte est tassé dans le sien avec, pour horizon, les genoux émancipés de la charmante brune. Sur le guéridon, deux flûtes pétillent à la lueur d'une bougie qui vacille dans son verre de lampe. Grand, anguleux, la quarantaine pincée, Belmonte à l'air un peu gauche derrière ses lunettes métal. Véro se surveille. Le cadre commercial ignore à qui il a affaire. Le V.R.P. en ribote de l'autre soir a joué le jeu. L'idée de pousser Belmonte dans les bras de Véro a paru l'amuser. Les deux hommes sont arrivés au Salon Duquesne vers 19 h 30. Véro attendait en embuscade. La rencontre est passée pour fortuite. De vagues présentations, quelques consommations, des futilités, l'éclipse de l'instigateur du rendez-vous.

Véro est seule devant celui qu'elle doit amorcer. La partie n'est pas gagnée. Belmonte a du mal à décoincer. Véro le branche sur son boulot. Il mord à l'hameçon. Elle simule la curiosité. La machine est en route.

Belmonte se sent écouté. Sa loquacité redouble. Véro pose une question par-ci, par-là, pour donner le change.

— C'est intéressant, ment-elle avec enthousiasme.

Il regarde sa montre. Véro s'inquiète.

— Je parle, je parle, dit-il, et nous n'avons pas dîné ! Accepteriez-vous mon invitation ?

Le tour est joué. Véro fait sa mijaurée. L'autre insiste. Il règle et entraîne la brune vers le piège qu'elle est en train de lui tendre.

La nuit est claire. Mallet s'étire en s'arc-boutant sur le dossier de la Renault du service.

— Ça commence à être long, ronchonne-t-il.

— Ils prennent des forces pour la suite, rétorque Madelin, imperturbable.

Les deux policiers ont « filoché[1] » Véronique Chambrier depuis le début de la soirée. Ils l'ont vu entrer au Salon Duquesne, en ressortir en compagnie d'un type B.C.B.G., grimper à ses côtés dans un coupé Volkswagen noir, maintenant garé en épi devant le Lucullus où le couple se restaure.

— Belmonte... Belmonte..., réfléchit Mallet qui a obtenu l'identification immédiate du véhicule. Je me demande ce que c'est que ce gars-là.

— Un type qu'elle a certainement racolé.

Les minutes s'allongent. Le trafic radio est au ralenti. Madelin est sur le point d'aller se dégourdir les jambes lorsque le couple reparaît.

— Les voilà ! lance Mallet en s'enfonçant dans son siège.

Belmonte entraîne Véro, lui ouvre galamment sa portière, contourne la voiture, se glisse au volant. Les feux rougeoient. La Volkswagen recule puis s'engage lentement sur le boulevard. Mallet s'apprête à démarrer quand son collègue le retient. A quelques mètres, un autre véhicule s'est allumé. Il manœuvre et file le train au précédent. Une seule silhouette à bord. Celle du conducteur.

— 4318 PH, note Madelin. Break Nevada.

Mallet met en route, suit à distance. Loin devant, le break ralentit, tourne en direction de la plage à la remorque du coupé Volkswagen. Le cortège se distend sur le font de mer. Les stops de la voiture de tête irradient un halo rougeâtre. La Volkswagen freine encore, roule au pas, se range

1. Filé.

sur le côté. Le break s'est arrêté tous feux éteints le long de l'immense pelouse qui borde la plage.

— J'ai l'impression que nous ne sommes pas les seuls en filoche ! remarque Madelin.

Mallet a coupé le contact.

— Tu devrais demander l'identification, s'impatiente-t-il.

— J'allais le faire.

Madelin enfonce le bouton du « discret[1] », balance le message.

— 4318 Papa Hôtel, répète le radio, correct ?

— Correct !

— Attente !

Là-bas, Belmonte et Véronique Chambrier ont l'air de roucouler dans la Volkswagen. L'homme au break Nevada ne bronche pas. La situation s'éternise.

— Triton 2, de Goémon !

— 2 écoute ! répond Madelin.

— Prenez note ! Votre véhicule appartient à un certain Noget, Novembre, Oscar, Golf, Écho, Tango. Prénom : Patrice, demeurant 12, rue de la Morinière...

— 12, rue de la Morinière ? s'étonne Mallet. C'est l'adresse de Coussinel et de Véro la Pute !

— Nous avons vérifié au minitel, précise justement le « radio », ça correspond au boulanger.

La pénombre opalise les cuisses ambrées de Véro. La conversation s'est étiolée et Belmonte ne se décide toujours pas. Véro se retient. Elle ne doit pas bousculer les choses. Cette halte, elle l'a

1. Système radio dont le micro est incorporé dans le tableau de bord.

quémandée. Elle sait prendre des attitudes lascives en restant ingénue. Elle laisse traîner sa main sur le levier de vitesses, frôle celle de Belmonte qui n'en profite pas. Elle l'effleure d'un regard engageant et, dans son for intérieur, le traite de crétin. Elle baisse sa vitre, écoute les vagues, se cambre voluptueusement.

— Que c'est bon ! soupire-t-elle.

Ses bras derrière la nuque font saillir sa poitrine. L'autre se tait. Ses yeux trahissent enfin un soupçon de lubricité. Véro pousse l'avantage.

— Agréable soirée, minaude-t-elle.

Belmonte s'est rapproché. D'une main, il attire délicatement sa passagère par le cou. Il prend ses lèvres. Véro pense aux 2 000 francs qu'elle est en train de gagner.

Belmonte s'aventure davantage. Elle répond à ses caresses, lui met l'eau à la bouche, le repousse mollement. La phase finale n'est pas pour ce soir. Dommage de ne pouvoir battre le fer, songe-t-elle. Mais pour organiser le flagrant délit, il faut que Caron soit prévenu. Dans l'immédiat, il suffit de maintenir Belmonte sous pression et de provoquer le rendez-vous qui lui sera fatal.

Elle joue avec lui, l'attise, l'exacerbe puis renverse la vapeur. Fiévreux, il ose proposer l'hôtel. Véro lui a fait croire qu'elle logeait chez une amie.

— Pas ce soir, gémit-elle.

Les doigts du quadragénaire se crispent sur sa gorge puis relâchent leur étreinte.

— Quand ?

— Demain, peut-être ?

Le cadre commercial réfléchit. Son emploi du temps, sans doute. Ou bien sa femme. Il acquiesce. 20 heures au Salon Duquesne.

Ensuite : l'hôtel Continental. L'affaire s'annonce bien. Belmonte démarre.

— Où dois-je vous reconduire ?

— On pourrait se tutoyer, remarque Véro. Résidence La Halle au Blé, c'est à deux pas.

La voiture a contourné l'immense pelouse et le casino pour atteindre la place Camille-Saint-Saens.

— C'est là, ment Véro. A cette heure, ma copine doit être rentrée. Tu me plais beaucoup, roucoule encore la brune avant de sortir de la voiture.

— Vrai ? demande l'autre.

Elle sourit. « Tu parles ! pense-t-elle, si ta tronche de jésuite ne devait pas me rapporter... »

Le break Nevada a repris sa filature et Mallet a suivi le mouvement. Les deux policiers ont vu Véro entrer dans la résidence et le coupé Volkswagen disparaître par la rue du 19-Août-1942.

— Qu'est-ce qu'elle vient fiche ici ? s'étonne Madelin.

— Peut-être un autre rancard. Et celui-là, tu peux me dire à quoi il joue ?

Le menton de Mallet a désigné le break garé dans l'ombre.

— Aucune idée. En tout cas, il est tenace.

— C'est bien ce qui me chiffonne. Je me demande ce qu'il lui veut à Véro.

— Il espère peut-être une petite faveur.

— Drôle de façon de s'y prendre !

Madelin médite sur ces dernières paroles lorsque le coude de son collègue le met en alerte. Véronique Chambrier vient de réapparaître sur le trottoir. La fille a juste eu le temps de grimper un étage et de redescendre. Elle jette un regard circulaire et s'éloigne tranquillement.

— Je ne pige plus ! lâche le divisionnaire.

— Moi, si ! Elle a du faire croire à l'autre qu'elle habitait là.

— Pourquoi ?

— Alors ça ? Tiens, regarde ! enchaîne Mallet.

Noget est sorti de sa voiture pour filer la brune qui ondule du bassin à une trentaine de mètres en avant.

— A nous !

Les deux policiers ont pris le wagon de queue. Là-bas, le boulanger a stoppé à l'angle de la rue de la Morinière où Véronique Chambrier a disparu. Madelin s'est aussitôt dissimulé sous un porche et Mallet derrière un fourgon frigorifique. Au coin de la graineterie, Noget se penche, se redresse, guette encore, attend quelques secondes et rebrousse chemin. Il frôle presque les policiers, regagne son véhicule. Le break déboîte lentement, fait le tour de la place Camille-Saint-Saens et s'enfonce dans le centre par la rue des Bains.

— Essayons de voir où il va ! lance Madelin en sortant de son trou.

Mallet cavale vers la voiture du service, saute au volant. Un démarrage énergique. La R9 grimpe en régime dans le dédale des petites rues, pile à chaque intersection. Plus de break.

— Il ne s'est pas volatilisé, quand même ! bougonne Madelin qui se tord le cou dans tous les sens.

Encore un tour du pâté de maisons. Rue des Bains, rue Saint-Rémy. Mallet tente la rue Richard-Simon en enfilade. Un coup de frein brutal, une brève marche arrière. Le break est là, garé à deux pas de la rue de la Morinière. Véro est rentrée chez elle et Noget a réintégré sa boulangerie.

— Qu'est-ce que c'est que ces manigances ? s'interroge Madelin.
— Je me le demande...
— Tu crois que le boulanger pourrait être notre homme ?
— Pourquoi pas ? répond Mallet, évasif. Lormier, Noget... On va finir par avoir trop de suspects !

Les policiers ont attendu avant de regagner le poste. Grimbert et Lefebvre sont déjà revenus. De leur côté, les gars de la P.J. ont filé Sophie Montebran. Celle-ci a passé un bon moment au Don Quichotte avant qu'un sigisbée vienne la chercher au volant d'une Alpine A 310. Le couple est rentré directement chez la fille. Les rideaux se sont tirés. Le gus avait hâte d'attenter à l'intégrité physique de la blonde... mais pas avec un câble d'acier.
— Et vous ? demande le divisionnaire du S.R.P.J.
Madelin raconte. Belmonte, Noget...
— Du pain sur la planche, conclut Grimbert.
Il se tourne vers Mallet, ajoute :
— Sans oublier ce Lormier dont tu m'as parlé.
Mallet soupire. Il se sent las.
— En ce qui me concerne, je n'ai jamais eu affaire ni à Belmonte, ni à Noget, pas plus qu'au lamaneur, d'ailleurs.
— On sait ce qu'il fume celui-là ?
— Des brunes, je crois. Quand je l'ai entendu, il me semble qu'il avait des Gauloises.
Grimbert réfléchit, précise comme pour lui-même :
— Évidemment, il n'est pas dit que ce soit l'assassin qui ait balancé la maïs ou le paquet de Marlboro vide découverts sur le deuxième crime.

— Pour la maïs, enchaîne Lefebvre, on a un suspect tout trouvé : Coussinel.

— C'est vrai, admet Grimbert, mais je ne le vois pas en assassin.

Madelin hausse les épaules.

— Faut pas se fier aux apparences !

Véro s'est glissée dans les ténèbres du couloir. Elle cherche, à tâtons, le bouton de la minuterie, le trouve enfin. Elle se dirige vers l'escalier en fouillant son sac, s'arrête, perplexe. Sa clé ? Elle réfléchit, replonge dans sa besace. Rien. La lumière s'éteint. Véro bougonne. Elle palpe les poches de son blouson. Sa clé est là, tout bêtement. Elle se traite d'idiote. Ses doigts repartent le long du mur à la rencontre de cette saleté de minuterie. Elle s'en approche, pianote encore. Elle touche au but lorsqu'elle tressaute en lâchant un cri. Elle a senti une autre main sur le boîtier. La lumière jaillit. Patrice Noget est là, le teint cireux, le regard de haine.

— Tu m'as fichu une de ces trouilles ! s'exclame-t-elle.

Il la regarde étrangement.

— D'où viens-tu ?

— J'avais affaire.

— Avec le type à la Volkswagen, peut-être ? Je vous ai suivis.

Véro se jette dans les bras du boulanger.

— Je n'ai pas le choix, chevrote-t-elle, tu sais bien. Tant que tout ne sera pas terminé...

Noget resserre son étreinte.

— Je ne veux plus, tu entends ? Je ne supporte plus que tu puisses appartenir à d'autres.

La minuterie claque. L'obscurité les a ensevelis.

Noget bloque Véro contre le mur. Ses caresses deviennent plus précises. Plus brutales aussi.

— Tu es à moi, halète-t-il.

— Arrête ! tente-t-elle de le dissuader.

Noget n'écoute pas. Il attrape Véro par les cheveux, la force à s'agenouiller. Elle résiste mollement, s'exécute, finit par y mettre du sien. Tant qu'elle le fera jouir, le lourdaud de boulanger restera à sa botte.

Julien sursaute. Une clé a tourné dans la serrure de l'entrée. 2 heures du matin. Yvon ? Non, Yvon est revenu depuis longtemps. Reste Véro.

La porte de la chambre s'ouvre sans ménagement.

— Chut ! fait Coussinel en montrant Aurélien qui dort à ses côtés.

— Et où je me couche, moi ?

— Prends ma place. Je vais dormir sur le divan.

Julien s'extirpe du lit, remet en ordre son pyjama rayé.

— On se croirait à l'hospice, se moque Véro.

— A l'hospice ou au foyer d'accueil ! rétorque Coussinel.

— Qu'est-ce que tu insinues ? Je dérange ? Tu sais, le troisième âge, je peux m'en passer !

D'un geste de la main, Julien dissipe l'altercation.

— Couche-toi ! Tu vas réveiller le petit.

Avant de s'exiler, il regarde un moment Véro se dévêtir.

CHAPITRE 6

Coussinel ferme à double tour, prend la main d'Aurélien et descend marche par marche en retenant le bambin. Véro a joué la fille de l'air en fin de matinée et Yvon a disparu après le déjeuner.

Émoustillé à l'idée de grimper dans le bus, Aurélien tire le sexagénaire vers l'abri des transports urbains. L'attente est de courte durée. Le trajet aussi.

C'est la première fois qu'Aurélien entre dans un cimetière.

— Alors, c'est là que vivent les morts ? demande-t-il, naturel.

Coussinel ne peut se défendre de rire.

— En quelque sorte.

Julien l'entraîne par les allées, s'arrête devant une dalle toute grise, y dépose la plante achetée à l'entrée. Un silence. Un signe de croix. Aurélien attend en tapant du pied dans les graviers.

— Viens, Coulinet !

— Elle est là-dessous, ta femme ?

— Si on veut. En réalité, elle est au ciel.

— Alors, à quoi ça sert les tombes ?

— A mettre des fleurs.

Ils franchissent la grille et se dirigent vers l'arrêt de bus. Une voiture freine à leur hauteur. Le conducteur se penche.

— Monsieur Coussinel !

Julien reconnaît Richard Mallet.

— Vous me suiviez, inspecteur ?

— Pas le moins du monde. Le hasard. Je vous dépose ?

— Bien aimable, ânonne Coussinel.

La voiture redémarre.

— Vous avez un proche dans ce cimetière ? demande le policier.

— Ma femme.

Mallet toussote.

— Alors, cette enquête ? relance malicieusement son passager.

— Elle suit son cours.

Un silence.

— Pour Véro, reprend Coussinel, vous avez parlé de protection, n'est-ce pas ?

— Pour elle et pour Sophie Montebran.

Le sexagénaire cogite un moment.

— Vous savez à quelle heure elle est rentrée cette nuit ?

Le policier hésite, repense aux frasques de la brune.

— Qui, Véro ? Forcément puisque nous la filions.

— Ah ? Notez que 2 heures du matin, c'est tôt... quand elle rentre !

L'inspecteur a stoppé un peu sèchement au feu de la rue Desmarets.

— 2 heures, dites-vous ?

— Oui, pourquoi ?

— Pour rien.

Mallet a la certitude qu'à une heure, Véronique Chambrier avait regagné la rue de la Morinière.

La voiture suit les boulevards, pique vers le centre, emprunte des rues étroites, s'arrête enfin.

— Vous voici arrivés.

Accroché aux sièges avant, Aurélien embrasse le policier qui en reste coi.

— Au revoir, monsieur !

— Au revoir, bout de chou !

— Montez cinq minutes, fait Coussinel, c'est l'heure du café.

Une série de compteurs poussiéreux, un escalier vermoulu, une rampe aux balustres déchaussés... La fin du siècle dernier.

— Entrez ! l'encourage son hôte en poussant la porte du second palier. Vous n'irez pas plus loin ; au-dessus, c'est le grenier.

Le plancher craque et ça sent le vieux. L'univers de Coussinel est un ensemble hétéroclite des années 50. Toile cirée, canapé avachi, fauteuils en simili noir, buffet étouffé de cartes postales et de calendriers écornés.

Aurélien sort ses jouets, les montre un à un à Mallet. Une odeur de café se répand dans la pièce. Coussinel entrechoque les tasses. Sur la cheminée désaffectée, la photo défraîchie d'une jeune femme passée de mode.

— C'est elle, Marcelline, commente le sexagénaire qui a surpris le regard du policier.

— Elle était très belle.

Coussinel sourit aux anges.

— Je l'ai connue bizarrement. En 41, j'étais chauffeur-mécanicien et il nous arrivait, par la force des choses, de réparer des véhicules allemands. Un matin, je referme le capot d'un camion lorsque j'aperçois une jeune fille qui pousse tant bien que mal son vélo crevé. Je lui propose aussitôt mes services. La malheureuse doit regagner Derchigny. Ni une, ni deux, je balance la bécane sous la bâche du bahut, fais monter la demoiselle et en route. A peine sortis de la ville, bing ! Deux motocyclistes de la Wehrmacht. Ils ont vu ma passagère, évidemment. J'explique. J'essaie leur saleté de camion et j'en profite pour raccompagner la pauvrette en difficulté, mais ça ne marche pas. Ils la font déguerpir avec son vélo et me demandent de les suivre. Résultat : trois jours de prison sans avoir eu le temps d'en savoir plus sur la fille. Je ne la retrouve qu'en 43, par hasard, et j'apprends alors qu'elle se prénomme Marcelline.

Coussinel boit son café, se lève, ouvre un tiroir.

— Tenez ! J'ai même conservé ma condamnation.

Il tend à l'inspecteur un imprimé jauni de la Kreiskommandantur en date du 18 septembre 1941.

« Condamnation — Vous êtes accusé d'avoir utilisé illégalement un véhicule de l'Armée allemande... » Le reste est complété en pattes de mouche. « Une peine de trois jours de prison vous est donc infligée — Vous pouvez faire appel de cette décision auprès du Kreiskommandant dans le délai de vingt-quatre heures après la notification. L'appel doit être fait ou par écrit en indiquant le numéro du dossier et le numéro d'ordre, ou déposé, ou motivé en procès-verbal à la Kreiskommandantur. La déposition de l'appel n'a aucun effet moratoire — Pour le Kreiskommandant, le capitaine Hauptmann. »

— J'ai purgé les trois jours au commissariat de police de l'époque.

Mallet repose le document sur la table, tourne son café.

— Belle histoire, en effet.

— Bref, vous avez devant vous un vieux repris de justice.

— Parlez d'une justice ! Je suppose que par la suite vous avez tout raconté à la jeune femme.

— Évidemment. Quand je lui ai appris que j'avais fait trois jours de prison pour son sourire, elle a fondu. Nous nous sommes mariés en octobre 45.

Coussinel marque un temps avant de poursuivre, une fêlure dans la voix :

— Malheureusement, la maladie l'a emportée.

Le bonhomme a les yeux humides.

— Vous avez rencontré Véro, avance prudemment le policier.

— Véro ? soupire le sexagénaire. Il n'y a aucune comparaison, vous vous en doutez. Véro est un animal sauvage auquel je donne refuge. Elle mène sa vie avec la mentalité qu'elle a. Moi, je voulais être moins seul, simplement. Je ne soupçonnais pas alors combien la présence du petit prendrait d'importance.

— Hein, Aurélien ?

L'enfant a allumé la télé et il lui en faut d'autres pour le tirer de ses dessins animés. Coussinel abandonne la table, furète dans un placard, en sort un litre de gnole.

— C'est de la bonne ! Vous allez y goûter.

— Dans le fond de ma tasse, alors.

Mallet surveille l'opération, relève le goulot de la bouteille.

— Vous aimez les modèles réduits ? demande-t-il en détaillant les camions poussiéreux disposés sur une étagère murale.

Coussinel écarte les bras, fataliste.

— Certains ont le virus des trains, d'autres celui des bagnoles ou des avions... Moi, c'est le poids lourd. Et vous ?

Le policier hausse les épaules.

— Savez, je n'ai guère de temps.

Coussinel a sorti une maïs, en triture l'extrémité. Ses ongles repoussent le tabac à l'intérieur du papier. L'inspecteur l'observe.

— Vous saviez où habitait Muriel Baron, m'avez-vous dit ?

— Pas précisément. J'avais entendu parler de la rue du Haut-Pas, sans plus.

— Et Véro ?

Le sexagénaire craque une allumette dans ses mains en conque, enchaîne :

— Oh ! Elle devait savoir.

Il approche sa cigarette, tire deux bouffées, secoue la flamme vacillante.

— Comme je vous l'ai déjà expliqué, je ne fréquentais pas plus Muriel Baron que Géraldine Roussel. Je ne les rencontrais qu'au Quibus. Parfois dans un autre bar, voilà tout.

— Un peu comme Gilbert Lormier ?

— Le lamaneur ?

Coussinel a un instant d'hésitation.

— Je ne comprends pas.

— Je veux dire que Lormier connaissait les victimes de la même façon que vous, sans doute.

Le sexagénaire flaire un piège.

— Peut-être avez-vous déjà entendu parler de sa mésaventure ?

Mallet écarquille les yeux, fait l'âne pour avoir du son.

— Racontez-moi.

Et voilà. La machine est en route pour la seconde édition de l'histoire du prêt consenti par Lormier à Muriel Baron. Le récit est fidèle à celui de Bonardin. La source est la même, assurément. Seule nuance, Coussinel ne semble pas tenir le lamaneur en suspicion.

— Intéressant, conclut Mallet en simulant la réflexion. Voilà qui pourrait orienter l'enquête.

— Vous n'iriez pas loin avec ça ! s'insurge le sexagénaire. Lormier est ce qu'il est mais je le vois mal étrangler Géraldine Roussel et Muriel Baron. A mon avis, vous feriez fausse route.

— C'est votre point de vue. En suivant des fausses pistes, les enquêtes débouchent parfois sur bien des choses.

— Si vous le dites... Une petite goutte ?

— Une seule alors. D'ailleurs je dois filer.

— Tu reviendras ? fait Aurélien.

— Naturellement, mon bonhomme !

Sur le palier, l'inspecteur se heurte à Yvon Coussinel. Surpris, celui-ci esquisse un mouvement de recul. L'homme a les mains noires de cambouis.

— Des ennuis mécaniques ? demande le policier.

— Pas moi, grogne l'interpellé en passant son chemin sans autre forme de procès.

Au rez-de-chaussée, c'est un gaillard aux mains blanches que croise Mallet. Le policier a reconnu le boulanger. Dans son halo farineux, Noget darde l'intrus d'un regard inquisiteur puis, courbé comme un rat, disparaît par une porte basse.

La loupiote du labo est au rouge et Quinet à ses tirages.

— Gégé ? le hèle Mallet à travers la porte.
— Ouais ! répond une voix rauque.
— Où sont les scellés des deux crimes ?

Quelques secondes s'écoulent. A croire que le spécialiste de l'Identité judiciaire n'a pas percuté.

— Pourquoi ? demande-t-il, enfin.

Mallet lève les yeux au plafond.

— Pour vérifier quelque chose.

Nouvelle attente.

— Ouvre mon armoire, tu vas trouver !

La maïs sans filtre est là, sous plastique transparent. Mallet écarte l'étiquette de scellé, tend le sachet, examine la Gitane entamée. Côté non consumé, le tabac a été refoulé et le papier referme pratiquement l'extrémité de la cigarette.

Des bruits de pas tirent l'inspecteur de sa perplexité. Guillaume Madelin arrive dans son dos.

— Je te cherchais, dit-il. Les gars de la P.J. ont sauté[1] Lormier. Il est avec eux dans le bureau du fond.
— Qu'est-ce qu'il raconte ?
— Pas grand-chose pour l'instant. J'ai assisté Grimbert et Lefebvre pour la perquise[2].

Mallet émet un sifflement.

— C'est la course, tout à coup. Et alors ?
— Rien. Il a bien des tas de revues, mais qui n'en a pas ? En revanche, il fume autant de Marlboro que de brunes. On en a trouvé chez lui.
— Et sa femme ?
— Partie au chevet d'une tante malade.
— Comment réagit le lamaneur ?
— Plutôt mal.

1. Arrêté.
2. Perquisition.

— Ça me paraît logique s'il n'y est pour rien. A part cette histoire de fric avec Muriel Baron, on ne peut pas dire que tout l'accuse.

Madelin le regarde, surpris.

— Tu n'as pas l'air d'y croire, toi !

— Pas vraiment.

— C'est pourtant la seule piste.

Mallet ne répond pas. Le divisionnaire l'entraîne dans le couloir.

— Tu en vois une autre ? demanda-t-il d'un ton détaché.

Mallet fait la lippe.

— Non, mais pour Lormier, ça m'étonnerait.

Derrière eux, les battants de porte explosent sous la poussée d'Hermel qui jaillit comme un boulet de canon.

— Braquage à la station d'Intermarché ! Un type seul, cagoule et gros calibre ! On y va ?

Madelin et Mallet foncent dans leur bureau, s'harnachent, font vibrer les portes de leur armoire métallique. Une cavalcade dans l'escalier. Hermel les attend déjà au volant de Triton 2.

— Allons-y ! lance Madelin en passant le gyro[1] par la vitre baissée. Mais il ne nous a certainement pas attendus, notre détrousseur de mousquetaires !

Régis Belmonte a cru arriver avant elle. Au vrai, Véro attendait non loin de là, dans la voiture de Paul Caron. « Tu vois ? a-t-elle triomphé. Et à l'heure, avec ça ! Parfait ! On opère comme convenu. »

1. Gyrophare.

A son tour, Véro est entrée au Salon Duquesne. Belmonte lui a fait un signe. Ils se sont installés au même endroit que la veille. Toujours aussi emprunté, le cadre commercial a dû estimer bienséant de laisser la soirée s'avancer. Les sujets de conversation n'ont guère varié et Véro a eu un mal de chien à réprimer ses bâillements. Et puis l'hôtel Continental, enfin. Belmonte n'a pas lésiné. Champagne sur guéridon. Malgré ça, le mari de la maîtresse de Caron est aussi médiocre au plumard que dans la vie. Pas étonnant que madame ait cherché meilleure fortune ailleurs.

Véro a beau se trémousser, il n'en redemande pas. Il interroge sa montre avec un tact typiquement masculin. Il regrette. Elle le sent. Elle lui verse la dernière coupe. Elle le flatte, le caresse dans le sens du poil, ondule lascivement dans ses bras, l'empêche de cogiter.

— Tu m'as promis la nuit entière, miaule-t-elle.

Il ne répond pas. Elle insiste.

— Tu t'es arrangé, j'espère ?

Il ne peut se désister.

— Évidemment. J'ai prévenu ma femme que je ne rentrerais pas avant demain.

Elle se blottit contre lui, soupire.

Belmonte prend ça pour de l'extase.

— Ils sont là-dedans ! explique Morel en désignant le Continental.

Madelin et Mallet ont fait au plus vite pour relever leurs collègues. Comme l'avait présagé le divi[1], le braqueur d'Inter[2] ne les avait pas atten-

1. Divisionnaire.
2. Intermarché.

dus. Investigations, diffusions, auditions. Il est 22 h 15. Hermel et Quinet, quant à eux, sont partis. Ils reprendront le flambeau à 4 heures, si besoin est.

Avant de rejoindre Morel et son coéquipier, Madelin et Mallet sont allés aux nouvelles. Grimbert a gonflé ses joues, désabusé. Rien de bien concret. Lormier a pourtant été placé en garde à vue. Sous la dictée des hommes de la P.J., il a écrit « Mallet » avec une seul « l ». Fâcheux hasard. Puis il a raconté. Son ex-compagne, leur vie commune abrégée au bout de quelques mois parce que le fils de sa concubine n'acceptait pas la situation.

Grimbert s'est tourné vers Mallet.

— Cette séparation n'a pas empêché le gamin de plonger dans la came[1] et c'est toi qui l'as serré[2], lui et ses copains. La mère s'est suicidée peu de temps après.

Le déclic. Mallet s'est souvenu. Laurent Chaplain. Il dealait du brown[3].

— Merde ! Ainsi la malheureuse Monique Chaplain était l'ancienne concubine du lamaneur.

— Eh oui ! a conclu Grimbert. Aujourd'hui, Lormier est remarié avec Réjane Leroux mais il reste marqué par la disparition de sa première compagne.

— Tu vois un rapport avec les boutons que Richard a reçus ? a demandé Madelin.

— Pourquoi pas ? En admettant que Lormier soit notre homme, sa rancœur peut l'avoir poussé à narguer celui dont l'action a provoqué indirectement ce cauchemar.

1. Drogue.
2. Arrêté.
3. Vendait du *brown sugar*.

Madelin a fait une moue dubitative.

— Ça paraît tiré par les cheveux, non ?

— On en a vu d'autres, pas vrai ?

— Sans doute, a tranché Mallet, mais, pour l'instant, rien ne prouve que Lormier soit l'assassin des deux filles.

Derrière ses rideaux lie-de-vin, la chambre 112 veille d'une lueur discrète. Cela fait trois heures que Madelin et Mallet ont les yeux rivés sur la fenêtre du second.

— Il n'a pas l'air de s'ennuyer l'ami Belmonte !

— Avec un nom pareil ! plaisante Madelin.

— Tu as le numéro de l'Audi qui a amené la fille ? s'inquiète soudainement Mallet.

— Morel me l'a donné avant de partir.

— C'est curieux.

— Quoi ?

— Qu'un type la prenne au Don Quichotte pour la conduire à son rendez-vous avec Belmonte.

Madelin hausse les épaules.

— Moi, plus rien ne m'étonne.

Les deux hommes se taisent. Seule la radio crachote, par intervalles, le pain quotidien. Tapage nocturne rue du Chêne-Percé, rixe devant la discothèque Le Leitmotiv, agression place Saint-Jacques. Le silence retombe, plein de méditation. Mallet soupire en hochant la tête de droite à gauche.

— T'es persuadé qu'ils se plantent, avance Madelin comme s'il lisait dans ses pensées.

Mallet feint l'étonnement.

— Qu'ils se plantent ?

— Les gars de la P.J.

— Avec Lormier ? Depuis le début.

— Qu'est-ce qui te fait dire ça ?

— Une simple intuition.

Madelin considère son collègue, perplexe.

— C'est pas avec des intuitions qu'on ficelle une enquête !

— Pas plus qu'avec des déductions hâtives. Que peut-on reprocher à Lormier ? D'écrire mon nom avec un « l » ? Il n'est pas le seul. D'avoir fricoté avec Géraldine Roussel ? Là non plus, il n'est pas le seul. D'avoir été arnaqué par Muriel Baron ? Ça parait léger pour tuer deux femmes. De fumer des Marlboro ? Qu'est-ce qui prouve que le paquet vide appartenait à l'assassin ? Il y avait aussi une Gitane maïs, ne l'oublions pas ! Et puis, cette hypothétique rancœur à mon endroit ne tient pas debout. Comment le lamaneur pourrait-il m'en vouloir d'avoir fait mon métier ?

Madelin réfléchit. Son silence tourne à l'approbation.

— Ça demandait quand même quelques vérifications, finit-il par dire.

Là-haut, rien n'a bougé. Les rideaux rougeoient timidement. 3 heures du matin. Mallet a un coup de barre. Dans une heure : la relève. De leur côté, les gars de la B.S.N. assurent la surveillance de Sophie Montebran. 4 heures. Triton 3 arrive. Dans le pare-brise : Hermel et Quinet, la tête hirsute, les yeux chassieux. Passation des consignes. Triton 2 laisse la place et regagne sa base.

Régis Belmonte a sursauté. Il lui faut plusieurs secondes pour émerger de son assoupissement. Son cerveau fait un retour rapide. Le Continental, la chambre, Véronique... Véronique qui s'est redressée aussi. Il n'a donc pas rêvé. On a bien frappé. Sa montre indique 6 h 10. Il reste aux aguets, interroge la brune du regard.

— Ce doit être le garçon d'étage, chuchote-t-elle en se levant.

Elle s'enroule dans un drap, s'approche de la porte, l'ouvre précautionneusement. Le garçon d'étage est là mais il n'est pas seul. Un couple l'accompagne. Véro soupire. Narquoise, elle détaille la femme de Belmonte, — et par conséquent la maîtresse de Paul Caron —, une blonde apprêtée, coiffée à la Mireille Darc. Celui qui l'escorte porte la cinquantaine replète dans un costard trois pièces suranné. La serviette qu'il tient sous le bras est l'indice de son ministère.

— Maître Delalande, huissier de justice ! se présente-t-il.

Le garçon d'étage a disparu, la femme de Belmonte a fait irruption dans la chambre. Son cher et tendre est resté un instant médusé au milieu du lit. Il ne comprend pas. Il n'écoute même pas les invectives de son épouse.

— Constatez, maître ! lance celle-ci. Constatez !

L'huissier tâte le lit encore tiède, prend note. La mine déconfite, pudique, Belmonte passe ses frusques. Véro se marre sous cape. Elle allume une cigarette. Le drap a glissé, découvrant le galbe de ses seins. L'huissier lorgne par-dessus ses lunettes. Véro s'en moque. Elle prend pourtant un air outragé. Elle se tourne vers Belmonte, lui donne le coup de grâce.

— Je te remercie ! ironise-t-elle.

La cigarette au bec, elle happe ses sous-vêtements, les enfile sous son drap pincé.

— Moi, les réunions de famille ! lance-t-elle en se relevant.

Elle tourne sa jupe, l'agrafe, y enfouit les pans de son chemisier en se déhanchant. La plume de l'huissier gratte du papier. La femme Belmonte jubile secrètement, un rictus distord son faciès de cire. Son mari attend gauchement, les mains dans les poches, la tête basse. Véro attrape son sac, se dirige vers la porte.

— J'ai besoin de votre nom, madame, observe l'huissier.

— Moi ? Mais je ne veux pas d'ennuis !

— Vous n'en aurez pas.

— Véro revient sur ses pas.

— Alors notez : Véronique Chambrier.

Un clin d'œil complice à Belmonte et elle ajoute avant de s'éclipser :

— J'ai quand même passé un bon moment, Régis !

La fraîcheur la saisit. Le jour est grisâtre, irréel. Soixante mètres de trottoir. L'Audi est là, dans la file de stationnement. A l'approche de Véro, la portière s'est ouverte. La brune accède à l'invitation, s'engouffre dans la voiture.

— Mission accomplie ! persifle-t-elle.

Paul Caron sourit.

— Bien joué, se contente-t-il de dire.

— Il sort une enveloppe, la lui tend. Experte, Véro en vérifie le contenu avant de l'enfouir dans son sac.

— Correct, conclut-elle.

Elle ouvre la portière, pose un pied dehors, se retourne le temps de balancer à Caron :

— J'espère pour ta blonde que t'es une meilleure affaire que l'autre cocu !

Les yeux grands ouverts, Julien écoute la rue

qui s'éveille. A côté de lui, Aurélien dort à poings fermés. 6 h 30. Véro n'est pas rentrée. Dans la pièce voisine, Yvon ronfle. On dirait qu'il scie du bois. En bas, le boulanger pétrit rageusement sa pâte. Julien se glisse hors du lit, passe sa robe de chambre élimée, traîne ses savates jusqu'à la cuisine.

Il met une casserole sur le gaz, risque un œil à travers les carreaux. Le jour est gris. Au bout de la rue, le martèlement caractéristique des talons de Véro. Julien se colle au montant de la fenêtre pour ouvrir l'angle. Le boulanger a pointé le museau. Il va au-devant de l'arrivante. Un échange verbal qui ne ressemble guère à des civilités. Elle le suit dans son fournil. Lui, au moins, va lui offrir des croissants chauds. A cette heure si matinale la femme de Noget n'est pas là, évidemment. Tant pis pour elle... Elle aussi...

CHAPITRE 7

14 heures. Rassemblement quotidien dans le local exigu jouxtant l'Identité judiciaire. Sur le frigo, la cafetière électrique grésille. Un classeur de fiches anthropos[1] est à la bonne hauteur pour servir de comptoir. Vallois y pose les tasses et le bouquet de petites cuillers plantées dans un verre. François Grimbert et Franck Lefebvre sont conviés au rituel. Ils ont remis Lormier en liberté après une garde à vue de vingt heures. Manque de billes, comme dit Grimbert. Cet après-midi, ils comptent entreprendre Noget, le boulanger. Mallet et Hermel, eux, grattent, entre deux « convoqués », sur leur braquage d'Intermarché. Là aussi, ça manque de billes. Un grand maigre avec parka bleu marine et passe-montagne sombre. Un témoignage inattendu vient pourtant de tomber. Celui d'un camionneur qui a vu surgir du parking une 205 GTI noire conduite par un type cagoulé. Mallet a relancé les diffusions. Il faut recenser les 205 volées.

— Il a raflé combien ton gus ? demande Lefebvre.

1. Anthropométriques.

— Dérisoire. 7 800 balles.

Le « radio » est monté dare-dare. Il cherche Mallet, le trouve au fond du couloir. Une 205 GTI noire volée il y a deux jours à Evreux. Rien d'autre. A prendre ou à laisser. Mallet est preneur.

Sur le palier, deux pandores de la B.R.[1]. Des types sympas. Des pandores quand même. Ils viennent pour le braquage. Ils auraient des soupçons sur un manouche du coin. Tu parles ! Ils viennent aux renseignements. Mallet les chambre un peu, note le tuyau, laisse ses deux potes tourner les talons, non sans être convenus d'un moment plus tranquille pour boire le verre de l'amitié.

Mercier se pointe à son tour. Bloc-notes et sac de reporter, le journaliste vient également aux nouvelles. Depuis un moment, l'homme des faits div'[2] est à l'affût. Il erre dans les couloirs comme un spectre.

— Du neuf ? demande-t-il.

— Sur quoi ?

— Sur les assassinats, évidemment !

— Là, il faut voir avec les gars de la P.J.

— Et sur le braquage ?

— Rien de plus.

Le téléphone joue du galoubet. L'inspecteur décroche. Le S.R.P.J. demande confirmation du préjudice d'Intermarché. Mercier a fait un signe de la main avant de s'éclipser. Mallet repose le combiné. De son côté, Hermel vient d'avoir Evreux. La propriétaire de la 205 a vu le type lui piquer la bagnole. Il s'agissait d'un grand maigre portant un parka marine. Hermel exulte.

1. Brigade des recherches.
2. Faits divers.

— Ça colle avec notre gus !

Mallet soupire.

— Oui, mais ça ne nous le donne pas !

Lorsque Véro est en période creuse, elle va au Cupidon, un petit bar de nuit du Bout-du-Quai. Là, on fonctionne à rideaux fermés. Le patron, un quadragénaire méditerranéen à la peau burinée, n'hésite pas à bichonner les clientes comme Véro. Pour appâter le consommateur, rien de plus efficace qu'une présence féminine.

Véro s'est installée au bar devant une coupe. Offerte, naturellement. A côté d'elle, trois types qu'elle ne connaît pas. Le patron jongle avec un bouchon de champagne en la regardant d'un air entendu. Elle a compris. Vingt pour cent par bouteille. Elle acquiesce d'un clin d'œil.

Peu après, la conversation est engagée. Le premier des trois hommes propose une « coupette ». La brune lui fait remarquer sa mesquinerie. Piqué au vif, l'autre exhibe ses Pascal et commande une bouteille. Ni le second ni le troisième ne peuvent se défiler. Trois cartouches en une heure. Du bon boulot. La coupe de Véro est restée à moitié pleine. Pas folle la guêpe. Les petits gars, eux, ont l'air un peu fatigués. Ils décident de lever le camp comme on prend un coup de gourdin. Les voilà qui déguerpissent au moment où un étranger s'inscrit dans le décor. L'arrivant a tout juste la trentaine. Il est grand, mince, sec. Son regard est celui d'un fauve. Il s'installe à côté de Véro, commande un whisky, paye aussitôt. Le type n'est guère engageant. Sauf pour Véro. Elle a maté la liasse d'où il a extrait la coupure. Elle l'observe. Elle ne veut pas brusquer les choses. Changement de méthode. Elle joue la *mater dolorosa* au bout du bar. L'autre la remarque.

— Tu veux un verre ? lui demande-t-il enfin.

Il doit la prendre pour une paumée. Peu importe. Elle va lui faire casquer une boutanche. La quatrième à vingt pour cent du bouchon.

Le type est froid, cynique, sans classe. Pas le genre a posséder des thunes et pourtant il en a. Il les trimbale comme ça, dans une poche, en vrac. Il lui tend une cigarette, la lui allume.

— On sort ? propose-t-il.

— Je préfère t'affranchir, je ne suis pas gratuite.

— Et alors ? Tu viens ?

Véro se marre. Les flics la suivent. C'est Julien qui le lui a dit. « Pour ta protection », a-t-il ajouté. S'ils savaient, ces flics...

La 205 GTI noire est tapie dans l'ombre de la rue de la Rade, à cent mètres de là. Véro s'est retournée plusieurs fois pour entrevoir une silhouette s'esquiver. « Qu'ils sont cons ! » a-t-elle songé.

Dans la bagnole, le grand se contorsionne pour mettre les fils en contact. Véro a deviné. Deux coups d'accélérateur, le moteur s'emballe. Un troisième et Véro reste collée au siège.

— Il est à toi, ce missile ?

— Pourquoi ça t'intéresse ? rétorque le gars, la mine rébarbative. Où peut-on aller ?

— Ça dépend de tes moyens et de ce que tu veux.

— Je veux aller vite.

— Tu ne connais pas la ville ?

— Non.

— Prends à droite et gagne le front de mer, c'est à deux pas.

La voiture a stoppé au Bas-Fort-Blanc. Véro s'est penchée. Boulot, d'abord... Soudain un objet lourd et froid a glissé de la ceinture dégrafée de l'homme au moment de ses soubresauts. Véro a identifié une arme. Elle n'a pas moufté. L'autre se rajuste, allume une cigarette.

— Allez, casse-toi maintenant !

— Et mon fric ?

— Tu peux t'asseoir dessus, salope !

— Tu rigoles ! Va falloir casquer, espèce de pédé !

La gifle qu'elle reçoit lui coupe la chique et la commissure des lèvres.

— Tu vas le payer ! mâchonne-t-elle en sautant de la voiture.

— Qu'est-ce que c'est encore que ce micmac ? grogne Madelin.

Mallet hausse les épaules.

— Elle a dû tomber sur un récalcitrant.

Les deux hommes ont pris la surveillance de Véro à 22 heures derrière le tandem Vallois-Quinet. A 2 heures, ils seront relayé par Hermel et un gars de la P.J.

Madelin est maussade. Il rouscaille. Il en a marre de tout ce cirque. Mallet est désabusé. Cet après-midi, il crapahutait sur son braquage quand la B.R. d'Abbeville l'a appelé. Deux faits similaires dans la Somme. Les gendarmes, eux, ont une commission rogatoire et des renseignements « en veux-tu, en voilà ». Ils ont même un portrait robot. Ils savent aussi que les antennes P.J.

d'Amiens et de Caen sont sur l'affaire pour deux autres braquages.

Merde ! Il a l'air de quoi, lui, Mallet ? Il avait pourtant interrogé le C.I.R.[1], envoyé des messages... Malgré ça, il apprend tout par la bande. Quelle coordination !

A 16 heures, le patron l'a demandé dans son bureau. Le coup de grâce. Le sous-préfet s'est plaint de ne pas avoir été informé plus tôt. Un sous-brigadier estafette lui a pourtant porté un télex. Le même que pour le procureur. Évidemment, ce dernier avait déjà été avisé téléphoniquement.

« A l'avenir... », a commencé le patron. A l'avenir, il faudra prévenir les autorités avant que les événements se produisent !

Pendant ce temps, Madelin est allé cueillir le boulanger avec les collègues de la P.J. Noget était dans son fournil lorsque les trois hommes sont arrivés. La routine, lui a expliqué Grimbert. Juste la routine. La perquisition n'a rien appris aux policiers si ce n'est que l'ami Noget fume, lui aussi, des Marlboro.

— Alors ? a râlé sa femme, satisfaits ? Ça fait bien pour le commerce !

— Personne n'a rien vu, madame, a objecté Madelin.

Conduit dans les locaux de la Sûreté, le boulanger a perdu son air bonasse. Surtout quand Grimbert lui a demandé ce qu'il fabriquait dans la nuit du 3 au 4.

— Du 3 au 4 ?

— Oui, dans la nuit d'avant-hier à hier.

1. Centre d'information régional.

— Je devais dormir. Je me lève tôt le matin.

— Dans la soirée du 3, si vous préférez.

Le boulanger a dégluti sa salive avec peine. Grimbert a enfoncé le clou.

— On peut vous aider, monsieur Noget. Tenez, qu'observiez-vous sur le front de mer dans votre break Nevada ? Les étoiles ?

Le boulanger s'est épongé les tempes.

— Comment savez-vous ?... D'un haussement d'épaules, Grimbert a dénoncé la fatalité.

— Alors ?

Le regard de bécasse a interrogé Lefebvre, Madelin puis Mallet qui a réussi à se libérer un moment.

— Alors c'est simple. Mais promettez-moi que ma femme n'en saura rien.

— Tout ce qui se dit ici est strictement confidentiel, a certifié Grimbert.

Le boulanger a fini par lâcher le morceau. Il est l'amant de Véro. Coussinel l'ignore. Du moins il le suppose. Véro traîne à droite à gauche. Elle va avec d'autres. Il en crève. Ce soir-là, il l'a suivie pour l'espionner. Il l'a vue avec un type. En rentrant, il l'a retrouvée dans son couloir. Ils ont discuté puis sont rentrés chacun de leur côté.

— Votre femme ne pose pas de questions ? a demandé Madelin.

— Non. Le lundi soir, j'ai ma partie de dominos au Dartagnan et le jeudi soir, je mange avec mes copains de chasse, alors j'en profite.

— Comment écririez-vous le nom de mon collègue Mallet ? a coupé subitement Grimbert en lui tendant une feuille et un stylo.

Noget s'est appliqué. Comme à l'école. Lefebvre a ramassé la copie.

Pour le boulanger, « Mallet » prend deux « l ».

Là-bas, ça remue dans la 205. Une GTI noire, comme par hasard. Hélas, le numéro ne correspond pas à celle d'Evreux. Mallet a quand même demandé l'identification.

Soudain la portière s'ouvre. Véro gicle. La voiture décampe. Les feux rouges s'échappent par la rue des Falaises. La brune agite les bras, s'empêtre dans la bandoulière de son sac, cavale vers la R9 banalisée des policiers. Mallet a bondi à sa rencontre. La fille halète.

— Le mec !... Il est armé !... La bagnole est volée !...

— Montez !

Véronique Chambrier est poussée à l'arrière de la voiture. Les pneus crissent. Toutes les rues y passent, les sens interdits également. Madelin s'égosille la radio qui prend un malin plaisir à hacher les messages. La course à l'aveuglette s'essouffle. Les recherches deviennent indécises.

— De toute manière, se décourage Mallet, avec une GTI, il nous aurait chié du poivre !

— Qui c'est ce type ? questionne Madelin.

Véro ne se démonte pas.

— Un gars que je venais de racoler au Cupidon. Jamais vu avant.

Le divisionnaire interroge son collègue du regard. Mallet en est convaincu. Ils viennent de rater le braqueur d'Inter. Pour retourner le couteau dans la plaie, le « radio » annonce que l'immatriculation donnée correspond à celle d'une fourgonnette.

— Merde ! Merde ! Et merde ! écume Mallet. Des fausses plaques !

Madelin se tourne pour interroger Véro.

— Que savez-vous de lui ?

— Que c'est un enfoiré !

— Pourquoi ?

Véro explique l'affront qu'elle vient de subir.

— A part ça ? insiste Mallet.

La brune affiche son ignorance. Un silence tombe, lourd d'amertume.

— Faites pas cette tête-là ! lâche Véro en jetant un porte-cartes sur les genoux de Madelin. Je lui ai piqué ça... Si ça peut vous être utile...

Le divisionnaire s'empresse d'éplucher l'étui en plastique. Un permis de conduire au nom de Gérard Bonet, la carte grise crasseuse d'une caravane, une lettre recommandée adressée 2, rue des Tourelles, à Mers-les-Bains.

Mallet a stoppé. Il veut examiner le trésor lui-même. Il réprime sa jubilation.

— Merci, souffle-t-il à Véro qui se cabre aussitôt.

— C'est pas pour vous aider ! C'est juste pour emmerder ce pourri !

Coussinel tâtonne dans le tiroir du buffet, là où il range son chéquier. Ses doigts bredouilles s'immobilisent, étonnés. Le sexagénaire ouvre davantage, cherche sous les papiers. Rien. La commode ? La table de nuit ? Rien. Rien non plus dans le porte-documents avachi au fond de l'armoire de la chambre. Coussinel demeure perplexe. Voyons ! La dernière fois qu'il s'en est servi... Ah oui ! Pour régler l'eau. Il se souvient d'avoir remis le chéquier dans le tiroir...

Aurélien le tire de ses réflexions.

— Je m'ennuie.

— Je sais, Coulinet. Attends, je vais m'occuper de toi.

Pendant deux jours, sa mère est restée là, avec lui. Avec eux. Après avoir claqué tout son fric, Véro est rentrée en milieu de semaine. Une mauvaise passe. Sans passe, du tout. Julien lui a donné un peu d'argent. Du coup, elle est repartie ce matin pendant qu'il était aux Barrières avec Aurélien. Les deux complices comptaient lui faire plaisir en achetant du poisson de canot. Le poisson, ils le mangeront sans elle.

Coussinel réfléchit encore. Il fouille sa veste dans la penderie. Il sait déjà qu'il n'y trouvera rien. Aurélien est à ses basques.

— Alors ? trépigne-t-il.

— Bon, d'accord ! On joue à quoi ? Tiens, à cache-tampon ! Qui commence ? Allez, on tire au sort !

Coussinel plante un doigt entre eux.

— Trou !

Il enchaîne :

— Am, stram, gram...

La comptine a désigné Julien.

— Tourne-toi ! Je vais cacher mon briquet.

Quelques secondes d'impatience.

— Ça y est ! claironne la voix de Julien.

Aurélien regarde autour de lui, se dirige vers le buffet, en ouvre un tiroir.

— C'est froid, glacial, même ! annonce le meneur de jeu.

Le bambin abandonne le meuble, file dans la chambre, s'intéresse à la table de nuit.

— De plus en plus glacial, fait Coussinel, intrigué.

Aurélien tourne les talons, marche à travers les pièces jusqu'à la penderie.

— Pourquoi ces endroits-là, Coulinet ?

— Parce que tu y as regardé, tout à l'heure.

Le vieux Julien sourit.

— Allons, cherche ailleurs.

Le gamin repart, comme un robot, disparaît un moment. Coussinel écoute sa progression dans les autres pièces. Il identifie la porte de la chambre d'Yvon.

— Reviens ! Tu vas être frigorifié !

Aurélien tarde un peu. Il en profite pour fouiner.

— Alors, Coulinet ! Qu'est-ce que tu fabriques ?

Aurélien rapplique, une sorte de fil de fer entre les mains.

— T'as trouvé ça où ? lui reproche Julien.

— Sous le lit d'Yvon.

Le fil est souple. Il se tortille.

— C'est un câble de frein, constate Coussinel. Il faut le laisser là où tu l'as trouvé, sinon Yvon ne va pas être content.

CHAPITRE 8

Véro stagne devant son huitième kir. Seule au bout du bar, elle tient le crachoir au patron du Don Quichotte. Il est 20 heures. Les deux garçons de l'établissement vont et viennent pour servir la clientèle clairsemée du restaurant. Les portes vitrées s'ouvrent. Sophie Montebran s'y encadre. Seule, également. Les deux femmes s'embrassent, échangent des banalités. Le patron les charrie un peu. Les garçons aussi. Véro leur offre un verre. Sophie Montebran en fait autant. Le tenancier remet ça. Du coup, Véro commande une bouteille de champ.

— Pas du Mercier ! clame-t-elle. Mercier, le champagne de l'ouvrier ! Non, mets-nous un p'tit Mumm !

A 21 heures, le rire des deux filles inonde le Don Quichotte.

— J'ai faim ! lance la blonde.

— Moi aussi ! enchaîne Véro. Tiens, je t'invite ! Juste un coup de fil à passer avant.

Quelques minutes après, les voilà en tête à tête dans un coin. Un silence subit a chaviré leur humeur.

— Je me sens toute bête, s'émeut Sophie. Quand je pense...

Ses yeux s'embuent. Véro l'observe.

— Allons, ma grande, la vie continue.

— Je sais, sanglote la blonde, mais c'est plus fort que moi. Je les vois encore là les pauvres filles, avec nous.

Pendant que l'autre tamponne son maquillage, Véro lui verse un coup de pinard. Du bon. Leur repas substantiel les requinque. Véro raconte l'histoire de Régis Belmonte. En rajoute un peu. Sophie rit aux larmes, tape à plusieurs reprises sur le bras de Véro en demandant grâce.

— Je n'ai pas revu Paul Caron, dit-elle. Il doit savourer son stratagème.

Fromage, dessert, café... Les heures passent. Rechampagne. Véro délire un peu. Son regard change. Elle devient caustique.

— Ton café était dégueulasse ! lance-t-elle au patron du Don Quichotte.

Elle complète la coupe de Sophie.

— Bois, ma vieille ! Profite !

La blonde n'en peut plus. Une véritable écrevisse.

— Pour moi, ça va comme ça, annonce-t-elle en allumant une cigarette.

— Mais si, remplis-toi !

Le sourire de Sophie Montebran se fige. Cette agressivité soudaine la surprend.

— Et ton mec ? enchaîne Véro. Il s'est tiré ou il est en taule ?

— Ni l'un ni l'autre. Il est à Paris pour affaires.

La brune palpe le collier de perles de sa vis-à-vis.

— Pour affaires ? En tout cas, les tiennes ont l'air d'aller ! T'as raison, tant que ça dure !

Sur ces mots, Véro se lève, attrape son sac à main, va s'accrocher au bar. Elle parlemente, sort un chèque signé, le libelle. Le patron lui fait confiance. Il sait qu'elle vit chez Coussinel. Il accepte même de rendre en liquide sur le chèque majoré.

— 500 balles pour finir la soirée, a-t-elle dit.

Sophie Montebran a enfilé son blazer.

— Moi, avec mon mal de crâne, j'ai plutôt envie d'aller me coucher.

Au volant de la R9, Richard Mallet bâille à s'en décrocher la mâchoire. Madelin l'imite aussitôt. Le duo poireaute encore à vingt mètres du Don Quichotte. Pour une fois, les deux nanas sont ensemble ; ce qui a permis aux gars de la B.S.N. de reprendre leur service normal. Mallet réprime un nouveau bâillement. C'est plus fort que lui. Il se sent crevé, vidé. Dans la matinée, ses collègues du Tréport, qu'il avait branchés sur le braqueur d'Inter, ont fini par mettre la main dessus. Gérard Bonet rentrait à sa caravane près de Mers, sans soupçonner la présence des inspecteurs en planque. Une commission rogatoire sous le bras, Mallet a foncé là-bas. Trois heures d'interrogatoire, Bonet a craché le morceau. Entre-temps, l'antenne P.J. d'Amiens, celle de Caen, la B.R. d'Abbeville et la S.R. de Rouen[1] ont rappliqué, chacune avec leur dossier. Total : huit braquages. Ce soir, Bonet couche au trou. Merci Véro.

Véro qui n'a pas l'air de trouver le temps long, elle. 23 h 30. Les deux filles sortent enfin. Elles discutent sur le trottoir. Ça sent le désaccord. Véro teste les environs d'un regard circulaire.

1. Brigade des recherches et section recherches.

— Elle essaie de nous repérer, avance Madelin.

D'un coup de radio, il rappelle l'équipage B.S.N.

— Si jamais elles se séparent, commente-t-il.

Pour l'instant, Véronique Chambrier et Sophie Montebran tournicotent encore devant le Don Quichotte. Soudain, comme si l'autre venait de l'envoyer paître, la blonde tourne les talons et remonte la rue. Véro la suit des yeux avant de s'éloigner dans la direction opposée. Sophie Montebran passe à côté de la R9 sans remarquer les policiers. Madelin demande la position de la B.S.N.

— On arrive par la rue de Sygogne, répond Triton 7.

— La blonde va traverser aux feux de la Société générale. Prenez-la en charge. Nous nous occupons de la brune.

Mallet a mis en route. Véro a disparu de leur champ de vision. L'inspecteur accélère.

— Merde ! lance-t-il en stoppant place du Puits-Salé. Où est-elle barrée ?

— Aux Trib' ? avance Madelin. Je vais jeter un œil.

Le café des Tribunaux est loin d'être bondé, le tour de la clientèle vite fait. Pas plus de Véro au bar que dans la salle. Le divisionnaire ressort en trombe, s'engouffre dans Triton 2.

— Personne !

Mallet embraye, s'enfonce lentement dans la voie piétonne.

— Elle a peut-être eu le temps de rentrer.

— Il aurait fallu qu'elle cavale.

La radio crachouille. Triton 7 signale qu'il a pris Sophie Montebran en filature.

— Nous voilà tranquilles pour celle-là, ronchonne Madelin.

Les policiers s'engagent rue de la Morinière lorsqu'ils tombent nez à nez avec Véro qui accourt. Mallet a pilé. Trop tard. Emportée par l'élan, la fille s'est affalée sur le capot. Les inspecteurs ont jailli de la voiture. La brune halète.

— Rien de cassé ? demande Madelin.

Véro fait non de la tête. Elle reprend son souffle. Elle explique par saccades. On a voulu l'étrangler avec un fil métallique, là, rue Richard-Simon. Un type qui l'a entraînée sous un porche. Elle a réussi à s'échapper en lui donnant un coup dans le bas-ventre.

Madelin a bondi à la radio pour rameuter les troupes.

— Comment est-il, ce tordu ? Questionne Mallet.

— Je n'ai pas pu le voir. Il m'a attrapée par derrière.

— Montrez-nous où ça s'est passé !

Madelin les a rejoints. Les patrouilles vont sillonner le quartier et les gars de la B.S.N. ont abandonné Sophie Montebran pour radiner dare-dare. A deux pas de chez elle, la blonde ne courait plus trop de risques !

Véro entraîne les policiers jusqu'à la rue Richard-Simon à vingt mètres de là.

— Le porche sur la gauche, après le grand portail !

Mallet a sorti son arme. Madelin cavale derrière lui, une lampe torche à la main. D'instinct, ils prennent position de chaque côté du trou noir. Le silence est total. Prudemment, Madelin s'enfonce dans les ténèbres. Le faisceau de sa lampe balaie une courette pavée plutôt lugubre. Mallet suit le rond de lumière qui s'attarde sur des formes hétéroclites, fouille les recoins, escalade les façades décrépites, revient sur son propre cheminement. Personne. Dans la rue, une cavalcade. Les gars de la B.S.N. remontent vers Saint-Rémy en braquant leurs projecteurs tous azimuts. Côté Halle au Blé, le diesel caractéristique de la patrouille qui roule au pas. Le secteur est bouclé mais pas âme qui vive. Véro est restée en retrait avec un « ange-gardien de la paix » auquel elle raconte ses malheurs. Mallet et Madelin réapparaissent bredouilles. Ils écartent les bras et les laissent retomber comme s'ils s'excusaient de ne pas avoir trouvé. Peu à peu les troupes reviennent, elles aussi. Bernique ! Véro se masse la gorge.

— Voulez-vous des soins ? demande Mallet.

— Non, ça ira.

— Avez-vous des marques ?

La brune tend le cou, l'expose à la lampe de Madelin.

— Une légère trace, là, sur le côté, constate le divisionnaire. Rentrez chez vous. Faites-vous délivrer un certificat médical et présentez-vous au commissariat dès demain matin.

Véro acquiesce. Le 12, rue de la Morinière est à deux pas. Les policiers suivent la démarche chaloupée de la fille qui disparaît dans le couloir attenant à la boulangerie. Au volant de Triton 2, Mallet explose en jurons.

— Et dire qu'on l'avait sous la main !

— Pour se volatiliser ainsi, observe le divisionnaire, il faut connaître le quartier.

Mallet cogite quelques instants et ajoute :

— Ou alors l'habiter...

« ...Recevons Mme Chambrier Véronique divorcée

Broca, née le 14 avril 1950 à Paris 13e, sans emploi, domiciliée chez M. Coussinel, Julien, 12, rue .... »

Mallet relit la plainte contre X. que Véro vient de signer. Quelque chose le chiffonne sans savoir quoi exactement. La brune patiente en se trémoussant sur sa chaise, les jambes croisées, la cuisse avantageuse.

« ...Hier, j'ai dîné au Don Quichotte en compagnie de mon amie Sophie Montebran. Nous nous sommes séparées devant l'établissement vers 22 h 30. Je suis partie à pied pour rejoindre mon domicile en empruntant la rue de la Barre, la rue du 19-Août-1942 et la rue Richard-Simon ....

...Je marchais sur le trottoir de droite lorsque, passant devant un porche situé à une trentaine de mètres de la rue de la Morinière, j'ai été agressée par-derrière. Une main s'est plaquée sur ma bouche et j'ai été entraînée dans l'obscurité ....

...J'ai senti un fil glacial enserrer ma gorge. Je me suis débattue et de mon poing droit, j'ai frappé en arrière de toutes mes forces. Le coup a atteint le bas-ventre de mon agresseur qui a lâché prise..

...J'en ai profité pour prendre la fuite en courant

...Au Don Quichotte, je n'ai pas eu l'impression d'être observée. Les clients étaient peu nombreux et aucun d'entre eux n'a attiré mon attention........

...En sortant, je n'ai rien remarqué à l'exception d'une voiture banalisée de la police que j'ai reconnue. A part les policiers, personne n'a pu me suivre. Je m'en serais rendu compte ....

...Je suis dans l'impossibilité de vous décrire mon agresseur. Je ne l'ai pas vu. Il semblait avoir de la force et devait porter un blouson ou une veste en daim. J'ai senti le tissu de sa manche sur mon visage..

...Je n'ai été blessée que très superficiellement. Je vous remets le certificat médical établi ce jour par le docteur Piaget, certificat ne prescrivant aucune I.T.T.[1] ....

...Je n'ai aucun soupçon et je dépose plainte contre inconnu ....

...Lecture faite personnellement .... »

— En résumé, reprend Mallet, personne n'a pu vous suivre, sinon après le Puits-Salé où nous vous avons perdue de vue. L'agresseur vous attendait donc au moment opportun et au bon endroit.

Le policier émet un petit sifflement.

— Il fallait savoir que vous alliez rentrer ce soir-là, à cette heure-là et par ce chemin-là !

Véro le regarde, narquoise.

— L'enquête, c'est à vous de la faire, pas à moi !

— Vous passez souvent par la rue Richard-Simon ? poursuit l'inspecteur.

— Ça m'arrive. La preuve !

— Et par la voie piétonne ?

— Aussi, ça dépend.

— Pourquoi ne pas l'avoir empruntée cette nuit ?

La brune affiche sa niaiserie en se distordant le coin de la bouche. La grimace a découvert une dent aurifiée.

— Si je vous disais que j'en avais marre de vous avoir sur le dos. J'ai essayé de vous semer si vous voulez le savoir !

Mallet écarquille les yeux, stupéfait.

— Drôle de façon de nous faciliter la tâche !

— J'étais loin de m'imaginer... Et puis je ne vous ai rien demandé, après tout !

1. Incapacité totale de travail.

L'inspecteur lève les yeux au ciel.

— Que vous le vouliez ou non, nous continuerons.

— Dans ce cas, je ferai tout pour vous jeter du poivre ! J'ai horreur de me sentir suivie !

Le policier réfléchit. Véro ne veut rien entendre. Il faudrait pourtant qu'elle y mette du sien. Reste une solution.

— O.K. Si vous le prenez comme ça, nous arrêtons la filature. A la seule condition que vous nous signaliez de vous-même là où vous serez. Ça marche ?

Véro hésite encore.

— Si ça vous amuse !

Elle tape sans permission dans les cigarettes de Mallet, soupire.

— On n'a pas fini !

L'inspecteur lui colle son briquet sous le nez, change brusquement de sujet.

— Et ce brave Julien ?

Elle décroise ses jambes, crache la fumée vers le plafond.

— Brave ? Il me prend la tête, oui ! Savez, avec lui, c'est plutôt un compromis. A son âge ! Heureusement, il s'occupe d'Aurélien !

— En fait, vous le supportez chez lui, ironise Mallet. Et le fils Coussinel ?

— Cet abruti ? M'en parlez pas ! Pour lui, je suis une intruse. Pourtant, il s'en faudrait de peu pour...

Véro suspend volontairement sa phrase. Mallet insiste :

— Pour ?

Elle tergiverse.

— Pour... Enfin, voyez ce que je veux dire ! Si je me laissais faire...

Les mains dans les poches, l'inspecteur observe la fille avec dédain.

— Il connaissait bien vos amies ?

— Mes amies ?

— Géraldine Roussel et Muriel Baron.

— Il les connaissait, sans plus.

Le policier se rassoit, croise les doigts sur son sous-main.

— Que fabrique-t-il au juste ?

Véro esquisse un mouvement d'épaules.

— A part rafistoler des bécanes, un vrai cul de plomb !

— Des bécanes ?

— De temps en temps, il donne un coup de main à Vandigue, le réparateur de vélos du quartier Saint-Jacques. Au noir, naturellement.

Mallet revoit le cambouis sur les mains du fils Coussinel lorsqu'il l'avait croisé en ressortant de chez son père. Véro regarde le flic avec un petit sourire narquois.

— Peut-être qu'il aurait des raisons de m'agresser, lui.

— Vous le soupçonnez ?

— Je n'ai pas dit ça. Encore que le hasard soit troublant. Figurez-vous que ce crétin porte un blouson de suédine...

Véro est sortie, laissant Mallet perplexe. Le bouc et les lunettes de Madelin apparaissent dans l'entrebâillement de la porte.

— Partie ?

— Il y a cinq minutes.

Le divisionnaire ouvre tout grand. Hermel sur ses talons. Ils reviennent du Don Quichotte où, la veille, personne n'a rien remarqué de suspect. A son tour, Madelin parcourt la plainte de Véronique Chambrier et le certificat médical qui l'accompagne. L'examen a révélé quelques traces superficielles à la base du cou et un léger sillon sur le côté de la gorge. Mallet attend que le divisionnaire relève la tête pour lui faire part des réflexions de la brune au sujet du fils Coussinel. Madelin reste songeur.

— Yvon Coussinel, répète-t-il. Pourquoi pas ?

— Le hic, reprend Mallet, c'est le mobile. Pour commettre deux meurtres et une tentative, il faut de bonnes raisons pour ça ! A moins d'être psychopathe.

— Qui sait si notre assassin ne l'est pas ? intervient Hermel.

Derrière lui, la silhouette du planton s'est inscrite dans l'embrasure de la porte.

— Excusez-moi, bredouille ce dernier, je viens de trouver cette enveloppe sur le pupitre de la réception.

Mallet blêmit. Les lettres collées sur le rectangle blanc sont éloquentes. Madelin entraîne le P.A.[1] dans le bureau, repousse la porte.

— Qui a pu déposer ça ?

— Je ne sais pas, répond le planton dans ses petits sabots. A faire la navette entre l'accueil et le téléphone du poste, je ne peux pas tout surveiller.

— Évidemment, capitule le divionnaire.

Un flottement. Le P.A. esquisse un geste de repli. Mallet le retient.

— Il nous faut une liste des personnes qui se sont présentées ce matin et le motif de leur venue. Renseignez-vous dans les services où elles ont été reçues. A défaut de nom, notez leur signalement.

1. Policier auxiliaire.

Le jeune gardien acquiesce, tourne le dos au moment où se pointe Quinet.

— Tu tombes à pic, lui annonce Mallet. Regarde !

Le spécialiste de l'Identité judiciaire fronce les sourcils.

— Nom de Dieu ! Ça continue !

Il examine l'enveloppe sans conviction, grimace.

— Tout le monde y a touché... Pour les paluches, c'est encore râpé. Tu peux l'ouvrir.

Le canif de Mallet a suivi la pliure avec délicatesse. Un petit bouton mauve a glissé sur le sous-main.

— Ça ne peut pas être à Véronique Chambrier, réfléchit Madelin.

— Tu crois que... commence Mallet.

La déduction qui s'impose le glace. Il croise le regard du divisionnaire, se lève d'un bond.

— Merde ! Il faut foncer là-bas tout de suite !

Quinet s'empresse d'aller quérir son matériel. Lorsqu'il descend avec ses mallettes, la R9 de ses collègues s'impatiente déjà au milieu de la cour.

— Je la prends, déclare Véro.

Elle tend à la commerçante la robe courte en stretch imprimé qu'elle vient d'essayer et qui lui colle à souhait à la peau. Elle sort un chèque signé, le remplit tout naturellement.

— C'est mon ami qui me l'a remis pour que je me choisisse un cadeau. Il ne veut pas m'accompagner dans les magasins.

— Il devrait.

Véro simule l'inquiétude.

— Vous pensez que j'exagère ?

— Non, je n'ai pas dit ça. Tout dépend de ce dont vous étiez convenus.

— J'ai dû dépasser un peu mais je suis sûre qu'il ne m'en voudra pas. Il tient trop à moi.

Emballé, c'est pesé. Véro emporte sa robe avec, en prime, le sourire confiant de la commerçante. Elle balance son sac publicitaire comme un gosse le fait de son cartable. Elle a envie de siffloter. Une vitrine l'arrête encore. Les fringues, elle aime. Elle entre, essaie les jupes les plus courtes, les corsages les plus échancrés. Elle ne referme même pas le rideau de la cabine. Le mercanti l'observe à la dérobée. Sa cinquantaine doit le chatouiller. Véro pavoise devant la glace, une jupe courte et droite en jean, un T-shirt sexy à lacet largement ouvert sur sa poitrine. Un pas en avant, deux en arrière, elle se tourne, s'ajuste, se trémousse, se détaille d'un œil critique.

— Je ne sais pas, dit-elle. Peut-être que sans rien en dessous... Qu'en pensez-vous ?

Le commerçant opine du bonnet. Véro retire le T-shirt, ôte son soutien-gorge, essaie à nouveau. Le regard du quinquagénaire se trouble. Ils sont seuls dans la boutique. La brune se bat avec le lacet du décolleté.

— Pouvez-vous m'aider ? demande-t-elle, enjôleuse.

— Naturellement.

Les gros doigts glacés frôlent sa peau en passant le cordon par l'intérieur. Le dos de la main s'appesantit sur ses rondeurs. Le geste devient lent, suggestif. Bon ! Cela a assez duré.

— Finalement, je le prends. La jupe aussi.

Au moment de régler, Véro y va de son récital. Le cadeau de son ami qui ne veut pas l'accompagner...

— On ne peut pas lui en vouloir, ironise le commerçant en chaussant ses lunettes.

Véro arbore un sourire de connivence.

— Non, d'autant que ça me laisse une certaine indépendance.

L'œil vitreux, le marchand de frusques enfouit le chèque dans son tiroir-caisse. Gling ! Le tour est joué. Avec les remerciements de la maison et la déférence du dindon qui raccompagne Véro jusqu'à la porte.

Au même moment, Coussinel franchit le seuil de sa banque. Il s'arrête dans le sas, hésite, réfléchit encore. Il sait qu'une opposition entraînera les plaintes des éventuels bénéficiaires. Le rapprochement avec Véro sera vite établi. Non, il préfère attendre la suite des événements. Après tout, rien ne prouve que le chéquier aura servi.

Naturellement, il se leurre. Il se raconte des histoires. Quel serait l'intérêt d'escamoter un carnet de chèques sans intention de l'utiliser ?

Tant pis. Il verra bien. Il abandonne, marche jusqu'au Quibus. Gilbert Lormier est au bar, taciturne. Le faux-cul de Bonardin lui fait bonne mine. Quelques clients, dont cet ivrogne de Rochette. Des banalités. Le temps, la santé, le quarté... Coussinel n'écoute pas. Sur le plateau d'une table de marbre, Muguette Sorel s'octroie son huit ou neuvième Saint-Raphaël. Depuis qu'elle a vendu son bar miteux pour une bouchée de pain, la sexagénaire boursouflée a basculé dans le sirop. L'œil poché, elle regarde les autres, ahurie. L'ecchymose, elle la doit à son concubin, un grand escogriffe de vingt ans son cadet, plus buveur qu'elle et beaucoup plus violent. D'ailleurs, le voilà qui débarque avec sa figure ravagée au vitriol. Il grogne un salut général, tend la main à Lormier.

— Alors, ils ne t'ont pas mis en taule ? blague-t-il. Moi, ils m'y avaient collé pour moins que ça !

Le lamaneur a tiqué sans répondre.

— Il est vrai qu'ils n'ont rien pu prouver, poursuit l'autre.

— Tant pis pour eux, ironise Lormier qui vide son verre et disparaît.

— Pas l'air d'avoir la conscience tranquille, observe Bonardin.

Coussinel ne mord pas. Il paie, refuse la tournée du patron, s'éclipse à son tour.

A deux pas de là, Véro ressort d'un troisième magasin avec, dans ses paquets, un sac demi-lune verni et une paire de boots à lacet.

En fait, elle ne sait même plus si le sac lui plaît ou non. Qu'importe. Ça l'amuse. D'autant qu'elle est toujours chaperonnée par le grand flic bigleux qu'elle a repéré dans une vitrine. Celui-là, elle va le lâcher rapidement. Ensuite, elle téléphonera aux en-bourgeois[1] pour leur rappeler leur convention.

Tout à coup, là-bas, dans une rue transversale, elle reconnaît Coussinel qui pousse la porte d'un bistrot minable. Tant mieux. Qu'il y reste. Avant de remonter à l'appartement, elle récupère Aurélien à la boulangerie. Noget est au fournil avec son gindre. Elle les entend pétrir. Hier soir en

1. Policiers en civil.

rentrant, elle a attendu dans le couloir le retour de Patrice Noget. Le lourdaud n'a pas traîné.

— J'ai tenu mes promesses, a-t-il haleté.

— Tes copains de chasse ?

— Dans l'ambiance, mon départ n'a pas attiré l'attention. Et toi ?

— Quoi, moi ?

— Comment ça s'est passé ?

Véro a tout raconté sans détours. Noget l'a serrée dans ses bras. Il l'a caressée, dorlotée.

— Je ferai tout pour nous. Et davantage encore.

« Pauvre tarte, a-t-elle songé, si tu savais... » Elle quitte la boulangerie en tirant son gosse par la main.

— Merci, madame Noget ! lance-t-elle à l'infortunée. Elle aussi, si elle savait...

Le Moderne n'est pas si moderne que ça. Le café est tout en longueur. Une rangée de tables de chaque côté. Du formica vert foncé. Une cantine. La seule différence : le bar à gauche en entrant.

Coussinel y pose un coude. René Guillouet salue l'arrivant. Avec son visage en proue et ses oreilles décollées, le tenancier ressemble à un vieux rat.

— Qu'est-ce qu'il boit, Julien ?

Des têtes connues, une ambiance cordiale. Julien se déride un peu. Il commande un Ricard. Il fait beau. La porte est grande ouverte. Soudain Lormier apparaît sur le trottoir d'en face. Il traverse tout droit vers Le Moderne, entre dans l'établissement. Les conversations s'éteignent puis reprennent. Le lamaneur se plante au coude à coude avec Coussinel.

— Vous changez d'air aussi ? lui demande-t-il en aparté.

— Vous voyez ! Prenez un verre ?

— Si vous ne le regrettez pas après...

Coussinel hausse les épaules.

— Y'a pas de raison !

— Vous ne me croyez pas coupable, alors ?

— Non, vraiment pas.

Le regard de Lormier a viré étrangement.

— Et si je vous disais que vous avez tort ?

— Vous racontez n'importe quoi !

— Vous verrez bien, grince le lamaneur. Mais pour l'instant, je vais picoler car je risque de ne plus en avoir l'occasion avant longtemps.

CHAPITRE 9

Mallet l'avait pressenti. Sophie Montebran est étendue, là, dans l'entrée de son appartement, la tête légèrement déjetée vers la gauche, les yeux révulsés, la langue sortie démesurément, un joli sillon autour du cou en guise de collier. Son spencer en V est borgne d'un bouton mauve. Le même, évidemment, que celui contenu dans l'enveloppe laissée à la réception du commissariat.

Les vêtements ne sont pas en désordre et la bandoulière du sac à main est encore accrochée au bras de la fille. En arrivant, la porte était fermée mais non verrouillée. Il a suffit d'en tourner la poignée pour découvrir le spectacle qu'elle dissimulait.

— Rebelote ! n'a pu s'empêcher de grommeler Gérard Quinet en ouvrant ses mallettes.

— C'est exactement le même cinéma, constate Madelin. Il nous nargue, cet enfoiré.

Mallet enjambe le corps.

— Il a attendu qu'elle entre pour lui sauter à la gorge. Regardez, les clés sont tombées là.

Madelin enrage.

— Ça s'est passé hier soir, juste après que nous

ayons rappelé la B.S.N. pour l'attentat contre Véronique Chambrier.

— Ce qui veut dire, renchérit Hermel, que l'agresseur de Véronique Chambrier n'était pas l'assassin.

La réflexion les a laissés songeurs jusqu'au moment où, guidés par le commissaire principal, le procureur de la République et le juge d'instruction sont arrivés.

Grimbert et Lefebvre, eux, ne sont pas là. Les gars de la P.J. ont dû retourner au service régional pour apporter leur renfort dans une affaire d'enlèvement. A parier que leur absence ne va pas être longue. Quinet, quant à lui, poursuit ses relevés dont il habille un plan avec rabattements. Il commence à en avoir l'habitude. Mallet jette un nouveau coup d'œil dans les pièces. L'ensemble est propre, raffiné. Ici, la chambre à coucher avec son couvre-lit romantique. Là, la salle de bain et ses brosses, peignes, produits de beauté, serviettes épaisses. Le sèche-cheveux est resté branché. Quelques vêtements. L'intimité éparse. Mallet imagine la blonde devant son miroir. Il la revoit à la sortie du Don Quichotte, la veille au soir.

23 h 30. Sophie Montebran réprime un nouveau bâillement. Le champagne ne lui a pas trop réussi. Elle n'a qu'une hâte : revenir chez elle. Véro la retient encore devant la brasserie.

— Alors ? Tu viens ou tu ne viens pas ?

— Non, je préfère aller me coucher, je t'assure.

— Dans ce cas, tu peux te tirer !

Vexée, la blonde tourne le dos et s'éloigne. Au contact de l'air frais, ses joues lui brûlent. Elle remonte vers Janval par la rue du Faubourg-de-la-

Barre. Elle double la Société générale, croise un clochard qui déambule en titubant. Au plus fort de la côte, elle cherche sa respiration. Elle a encore trop fumé. Elle prend déjà des résolutions.

Derrière, au bas de la rue, une voiture tourne au ralenti puis démarre en trombe. Sophie Montebran pousse la porte de son immeuble, allume, monte péniblement au premier en s'aidant de la rampe. Son appartement est là, enfin. Une violente poussée la projette en avant. Elle n'a pas le temps de crier. Un fil d'acier autour de sa gorge a stoppé net son déséquilibre. Le lien la serre, l'étrangle. Elle ne peut plus respirer. Elle se convulse, ouvre grand la bouche, cherche désespérément de l'air. Ses forces l'abandonnent. Ses bras retombent. Une marionnette accrochée au fil de la mort.

« Toi aussi, tu l'as cherché, sale garce ! » La fille s'est affaissée comme une chiffe molle sur la moquette de l'entrée. Le canif a extirpé le bouton du spencer comme on arrache l'œil d'un lapin pour le saigner.

Le corps est froid, rigide. La mort remonte à une dizaine d'heures. Le légiste termine ses premières constatations dans son mini-dictaphone avec des « zip ! ! ! » de retour en arrière, des reprises, des corrections, des flots de termes barbares. Le procureur s'est tourné vers Mallet.

— Vous ne voyez toujours pas pourquoi ce maniaque vous adresse l'un des boutons de sa victime ?

Question plutôt singulière. S'il le savait, Mallet, l'enquête serait sûrement plus simple. L'envie de répondre au magistrat qu'il a une idée le démange. Rien que pour voir.

— Malheureusement non, répond-il tout bonnement.

Le procureur a rejoint le juge d'instruction, le commissaire principal et le médecin légiste sur le palier. Les trois hommes discutent en rond comme à l'heure des décisions graves. Pendant ce temps, l'appartement est passé au peigne fin. Aucun indice, aucune trace papillaire exploitable. Ni sur la porte, ni sur les montants.

— On va encore s'amuser ! grogne Madelin.

Le procureur est revenu sur ses pas. Il s'adresse au divisionnaire.

— Rien à la presse, naturellement.

Il vient de faire la recommandation au commissaire mais il préfère passer la consigne lui-même. En pure perte, d'ailleurs. Au pied de l'escalier, Mercier et Blanchard attendent déjà. Les deux journalistes mettent en joue et mitraillent la sortie des magistrats qui se faufilent en pinçant du bec. Les moteurs des appareils photo redoublent au moment de l'enlèvement du corps. Bertrand Mercier accroche Mallet au passage.

— Alors ? La même chose ?

— Je ne peux pas répondre.

— Dis-moi au moins qui était cette fille !

— Il te suffit de grenouiller une heure dans le coin pour en savoir autant que moi !

— Je n'aurai que des racontars, des tuyaux non vérifiés. Tu préfères que j'écrive des conneries dans mes faits div' de demain ?

Mallet s'est planté devant le journaliste, les mains dans les poches, l'air embarrassé.

— Écoute ! Fais ta propre enquête et reviens me voir. Je te dirai ce que j'en pense. Correct ?

— Ça me va.

Derrière eux : Laurent Blanchard, la presse concurrente. Blanchard est sympa, lui aussi, et Mallet ne veut défavoriser personne. Au grand dam de Mercier, l'inspecteur lui propose la même chose.

Quinet, qui vient de débouler de l'immeuble, bringuebale ses mallettes entre les portes. Madelin et Hermel sortent sur ses talons. Le divisionnaire tient quelque chose dans le creux de sa main.

— Qu'est-ce que c'est ? demande Mallet.

— Un morceau de fer de chaussure usé. Je l'ai trouvé dans l'escalier. Ça n'a peut-être rien à voir mais on ne sait jamais.

Lormier a quitté Le Moderne, son délire sous le bras. Coussinel a trouvé d'autres interlocuteurs qui l'ont maintenu au bar tout l'après-midi. Lorsqu'il en ressort, le trottoir se dérobe sous ses pieds. Il fait quelques pas, s'arrête pour rallumer sa maïs, s'efforce de maintenir le cap. Derrière sa vitrine, la boulangère le regarde arriver. Coussinel entrouvre la porte.

— Aurélien ? bredouille-t-il.

— Il est remonté, monsieur Julien.

Coussinel branle du chef. Accroché à la rampe, il se hisse jusqu'au deuxième. Véro a l'œil farouche.

— Tu te fous de ma gueule ?

— N'inverse pas les rôles, s'il te plaît !

— Pardon ?

— Tu veux que je te parle de mon chéquier ?

— Ton chéquier ? Ça ne va pas bien chez toi !

— Tu me prends pour qui ?

— Pour ce que tu es ! Un ramolli du ciboulot ! Véro s'esclaffe avant d'ajouter : Et d'autre part aussi ! En plus tu picoles !

Coussinel a blanchi.

— Arrête, Véro ! Arrête : jamais je n'aurais cru ça !

— Mais ça quoi ?

— Que tu puisses me voler mon chéquier.

Véro tourne dans la pièce.

— Malade ! Complètement malade ! Que veux-tu que j'en fasse de ton chéquier ? Hein ? Y'a même pas de thunes dessus ! Et puis, rien ne prouve que c'est moi ! Ton Yvon, il n'est pas mieux que les autres, figure-toi !

Coussinel n'a pu retenir son bras et la gifle a cinglé la joue de Véro interdite.

Soudain l'étincelle. La rage a jailli dans le regard de la brune. Ses traits exsudent la haine. Cette haine qui distord son visage, l'enlaidit.

— Tu m'as frappée, hein ? répète-t-elle en le poussant de ses deux mains. Eh bien je vais te dire ! Oui, j'ai pris ton carnet de chèques ! Oui, je me suis payé les frusques que tu n'es pas capable de m'acheter ! Je me demande bien ce que je fiche avec un minable de ton espèce ! Tu t'es regardé ? Tu as vu le tableau ? Ça devrait t'obliger à être moins rapiat !

Coussinel reste coi. Il tremble d'amertume, d'écœurement. Il tremble comme une feuille. Véro s'en aperçoit.

— En plus, tu sucres les fraises !

— Tu me dégoûtes, parvient à lâcher Coussinel. Tu mériterais que je te mette dehors.

Véro éclate de rire.

— Je peux faire mon baluchon tout de suite, si tu veux !

Elle fonce dans la chambre, jette un sac de voyage sur le lit, ouvre les armoires.

Aurélien a pointé le bout de son nez. Julien ne peut éviter ses grands yeux interrogateurs. Il hésite, accroche le bras de Véro.

— Attends un peu, lui dit-il. Pas la peine de s'emporter.

Véro se dégage d'un mouvement brusque.

— De s'emporter ? tu ne manques pas d'air, toi !

— Tu emmènes le petit ?

— Évidemment !

Véro bourre son sac. Deux regards silencieux suivent ses gestes. Elle ratisse le principal, boucle l'ensemble.

— Je repasserai chercher le reste. Tu viens, Aurélien ?

Au même moment, la porte d'entrée s'ouvre sur Yvon Coussinel. Véro le bouscule avec gosse et ballots. Elle descend quelques marches. Julien tente de la retenir.

— Allons, fais pas l'andouille ! Remonte !

— Laisse-la foutre le camp ! intervient son fils. Y'a longtemps que tu aurais dû la mettre dehors !

Véro ne se retourne pas. Julien ne lui a même pas réclamé son chéquier. Il s'en moque. Paralysé sur l'antépénultième marche, il guette le claquement de la porte du bas mais c'est une petite voix qui lui parvient. « Au revoir, Coulinet ! »

Il referme lentement derrière lui comme pour retarder ce point final. Comme s'ils allaient revenir dans son dos. « Attends, Coulinet ! » Mais la voix d'Aurélien ne s'est plus fait entendre.

— Bon débarras ! s'exclame Yvon Coussinel en allumant la télé. Elle nous a assez emmerdés, celle-là !

Julien ne répond pas. Son fils lui lance un regard oblique.

— Tu ne vas pas la regretter, cette garce ?

— En quoi ça te regarde ?

— En rien. Ça me fait marrer, c'est tout. Qu'est-ce que tu crois ? Qu'à soixante-huit balais tu l'intéresses encore ?

— Fiche-moi la paix, tu veux ?

— En plus, c'est jamais qu'une traînée et tu le sais !

Yvon Coussinel a le regard fixe, cruel.

— Le mieux qui puisse lui arriver, c'est d'y passer comme les autres !

Julien préfère quitter la pièce. Il décapsule une bière dans la cuisine, allume une maïs. De l'autre côté, son fils grogne. Le programme ne le satisfait pas. Il racle sa chaise sans ménagement, coupe le téléviseur, enfile son blouson, déguerpit. Julien reste en tête à tête avec sa canette entamée.

CHAPITRE 10

Mallet réprime un bâillement. Autour de lui, chacun y va de ses commentaires. François Grimbert et Franck Lefebvre de la P.J. ont rappliqué dare-dare. Réunions, briefings... Avec les magistrats, d'abord. Chez le sous-préfet, ensuite. Cellule de crise dans le bureau du patron. La psychose s'installe peu à peu. Pour une fois, le judiciaire mobilise autant que le social. Au vrai, c'est surtout que le premier risque de déteindre sur le second.

Roger Vallois a sorti les dossiers Régis Belmonte et Paul Caron, les deux types aperçus séparément en compagnie de Véronique Chambrier. La vérification de leur emploi du temps les a mis hors de cause. Belmonte et Caron ont pourtant été entendus. Le cocu surpris par sa femme et un huissier dans une chambre du Continental. Et puis l'amant de Mme Belmonte qui jubile encore du piège tendu au mari d'icelle. Belmonte, lui, n'a jamais soupçonné le stratagème sur lequel les policiers garderont le silence, naturellement.

Paul Caron connaissait Sophie Montebran. Une fille libre, frivole mais sans histoires. Rien qui aurait pu laisser présager une telle issue. Sa disparition a plus estomaqué le bellâtre qu'elle ne l'a réellement ébranlé. Quant au sigisbée à l'Alpine, le dernier élu de la blonde ravageuse, il a été retrouvé dans le 18ᵉ à Paris et questionné par la 2ᵉ D.P.J.[1]. Le type abasourdi a fourni un alibi en béton.

Pendant ce temps, le gardien de la paix auxiliaire a établi une liste non exhaustive des personnes qui se sont présentées à la réception dans la matinée. A part Véronique Chambrier, les noms parcourus du doigt n'ont rien évoqué qui puisse se rapporter à l'affaire en cours.

— C'est curieux, intervient Mallet, chaque fois le crime a été commis le jeudi soir ou dans la nuit du jeudi au vendredi.

— C'est vrai, admet Grimbert. Curieux, en effet.

Au grand étonnement de Mallet, le divisionnaire de la P.J. n'en fait pas plus de cas. La parlote reprend ses droits. Les hypothèses fusent, dérivent au gré des imaginations trop fécondes. Le vent tourne à la faribole. Mallet soupire. Son mal de tête s'est accentué. Il s'éclipse, abandonnant les songe-creux à leurs chimères.

Au poste, un péquin, que Mallet a déjà « opéré » plusieurs fois, vide ses poches dans une boîte de fouille. A peine le quidam l'a-t-il aperçu qu'il l'interpelle.

— Inspecteur ! Je peux vous parler ?

Mallet connaît la musique. Dès qu'il s'agit d'aller au « trou », c'est fou ce que les langues se délient. Pour raconter n'importe quoi. Pour balancer le premier tuyau percé dans l'espoir de marchander une improbable sinon impossible remise en liberté.

1. Division de police judiciaire.

Mallet ne répond pas. Il s'informe auprès du chef de poste. « Un vol à l'arraché », explique laconiquement le bricard[1].

L'autre remet ça.

— Inspecteur !

Mais Mallet n'a plus envie d'écouter les sornettes d'un multirécidiviste. Il le lui signifie d'un geste vague, tourne le dos sans autre forme de procès.

Dehors, le soleil sur le déclin le rappelle à la saison. Une journée chaude s'est écoulée sans lui. A cent pas : le port de pêche. Mallet s'y dirige machinalement. Les mains dans les poches, il longe le quai, le plus près possible du bord, là où il entend les « flip-flop » des vieilles coques tenues en laisse.

« Flip-flop, flip-flop. » Les clapotis lui massent le subconscient, calment sa migraine. Il respire. Il a l'impression de respirer pour la première fois de la journée. Depuis ce matin, il n'a cessé de crapahuter. Il a commencé par un lever difficile avec moins d'ardeur encore que la veille au coucher... Il s'est raclé plusieurs fois la gorge en prenant la résolution de diminuer sa dose de nicotine. Un rasage maladroit, quelques coupures et autant de jurons, une goutte de sang sur son col de chemise, un café à peine chaud... Il s'est retrouvé boulevard Clemenceau à 9 h 45, donc en retard, face à l'hôtel de police mais sur l'autre berge car les déferlements de véhicules à cet endroit rappellent ceux d'un fleuve en crue. Il a trépigné sept bonnes minutes avant de risquer une traversée.

A la réception : surprise. Quatre personnes en

1. Brigadier.

attente. Mallet avait oublié son tour de plaintes. La perspective de recevoir des pleureurs toute la journée lui a sapé son restant de moral.

Au premier, ses collègues en pleine discussion l'ont charrié :

— Alors ? Ça s'impatiente en bas !

La série a commencé. Vols à la roulotte, coups et blessures volontaires, histoires de voisinage, vol de voiture... Et toujours le téléphone : « Tu as encore deux personnes derrière. »

Il y a eu Véronique Chambrier. Et puis la découverte du nouveau crime. Du coup, il a été dégagé des plaintes.

« Flip-flop. » Il se sent mieux. L'extrémité du port est sa thébaïde. Trêve plutôt précaire, cependant. L'image de Sophie Montebran le poursuit. Et de même celle de Coussinel. Étrange association. Il ne peut se défendre de penser au sexagénaire et à sa façon caractéristique de tasser ses maïs avec son ongle... Exactement comme la maïs découverte près du corps de Muriel Baron. Et puis les paroles de Véronique Chambrier lui reviennent en écho : « Il donne un coup de main à Vandigue, le réparateur de vélos du quartier Saint-Jacques. » Elle parlait du fils Coussinel.

Réparateur de vélos, câble de frein, assassinats... Cela coule de source. Coussinel père ? Coussinel fils ? Oui, mais pourquoi ? Pourquoi aussi ces boutons arrachés aux victimes à son intention, lui, Mallet ? Quel est donc le lien entre ces crimes et sa personne ? Il a eu beau chercher, fouiner, éplucher les archives, triturer sa mémoire, il n'a rien trouvé qui puisse se rapporter de près ou de loin à cette histoire.

Dans son dos : le « deux-tons » d'un fourgon police secours. Il s'est retourné instinctivement pour suivre le véhicule des yeux. Cependant sa fatigue laisse encore une brèche à sa curiosité, elle l'entraîne maintenant par les rues de la ville, jusqu'à l'angle de la rue de la Morinière. La boulangerie est à vingt mètres. Au-dessus, au ras des toits, les fenêtres de Coussinel. Mallet passe devant le couloir accédant au vieil immeuble, hésite, poursuit son chemin, s'arrête, revient sur ses pas. Saint-Jacques sonne 21 heures. L'inspecteur songe machinalement à l'heure légale. L'instinct professionnel sous-jacent. Il se décide enfin, grimpe les deux étages délabrés, s'immobilise sur le dernier palier, prête l'oreille. D'abord le silence. Un silence épais, poussiéreux qui le déstabilise. Il s'apprête à rebrousser chemin. Un léger tintement provenant de l'intérieur le retient. Il écoute encore. Non, il ne s'est pas trompé. Il y a bien quelqu'un dans l'appartement. Seul, sans doute. Coussinel ? Son fils ? Véro ? Encore un instant de flottement. Il toque à la porte. De l'autre côté, on traîne des galoches pour venir ouvrir. La tête ahurie de Julien Coussinel apparaît dans l'entrebâillement.

— Vous ? s'étonne-t-il.

— Excusez-moi, je ne vais pas vous déranger longtemps.

— Vous ne me dérangez pas. Entrez.

Coussinel s'efface. Il rajuste sa chemise débraillée à grands carreaux dont l'un des pans passe par-dessus son pantalon fripé en toile marron.

— Asseyez-vous. J'étais justement en train de boire une bière. Puis-je vous offrir quelque chose ?

— Je n'ai pas encore dîné.

— Prenez un apéritif. Whisky ? Pastis ?

— Je préfère un pastis.

Le sexagénaire a le regard sombre, l'élocution lente, la démarche incertaine.

— Mallet l'entend farfouiller dans sa cuisine. Il identifie la porte du réfrigérateur, les glaçons qui tombent dans un bol, le tintement des bouteilles, l'eau du robinet.

— Qu'est-ce qui vous amène, inspecteur ? interroge Coussinel depuis l'évier.

Le silence le paralyse subitement.

— Rien de grave ? insiste-t-il, inquiet.

— Non. Enfin rien qui vous concerne directement.

Les bruits de vaisselle ont repris. Le sexagénaire réapparaît avec une cruche, deux verres et des glaçons.

— Je vous écoute, dit-il en allant quérir le pastis dans le buffet de la salle.

Il sert en tremblotant.

— Je vous accompagne, précise-t-il. Je n'ai pas dîné non plus. Alors ?

Mallet attend le dernier glouglou de la bouteille.

— C'est au sujet de Sophie Montebran, attaque-t-il. Mais peut-être êtes-vous déjà au courant ?

— Au courant ? Au courant de quoi ?

Le silence du policier est parlant.

— Ne me dites pas...

— Hélas. On a découvert son corps ce matin.

— Étranglée, comme les autres ?

L'inspecteur confirme d'un signe de tête.

— Pourtant, vous la protégiez.

Mallet plisse le front, soupire. Force lui est de reconnaître l'impair qui a été fatal à Sophie Montebran. Il est sur le point de le justifier en expliquant l'attentat contre Véro mais il se ravise.

— Vous allez le coincer, cette fois, avance Coussinel, une fêlure dans la voix.

— Espérons-le.

Le sexagénaire s'assied. Le silence des deux hommes s'éternise.

— Navré de cette si macabre nouvelle, reprend le policier.

— Macabre et inquiétante.

— C'est vrai mais, apparemment, le tueur a un objectif précis : éliminer un certain groupe de femmes.

— Dont Véro fait partie, enchaîne Coussinel, lucide.

Embarrassé, Mallet élude le sujet.

— Elle n'est pas là ? se contente-t-il de demander.

A son tour, Coussinel semble mal à l'aise.

— Elle est partie avec le gosse.

— Il y a longtemps ?

— Ça fait deux heures, maintenant.

Mallet réfléchit. Si elle joue le jeu, Véro doit signaler au poste ses moindres déplacements. C'est ce qui a été convenu lors de leur dernier entretien.

— Vous avez une idée où elle a pu se rendre ?

— Non, pas la moindre. Devant l'air compatissant de Mallet, Coussinel s'empresse d'ajouter : Oh, je ne m'en fais pas pour elle ! C'est plutôt pour le petit.

— Ne vous inquiétez pas, mes collègues doivent déjà savoir où ils sont allés.

En les prononçant, Mallet a subitement pris conscience de la portée de ses paroles. Il lit dans la pensée de Coussinel. « Si ça se passe comme pour Sophie Montebran... »

— Et votre fils ? enchaîne-t-il.
— Parti faire un tour.
— Il travaille ?
— Hélas non. Il n'a aucun bagage et il est feignant comme une couleuvre.
— Je supposais qu'il était mécanicien.
Coussinel a tiqué.
— Pourquoi dites-vous ça ?
— Parce qu'en ressortant de chez vous la dernière fois, je l'ai croisé sur le palier et il avait les mains pleines de cambouis.
— A la vérité, il fait des petits boulots chez Vandigue, le marchand de vélos. Ça paie ses cigarettes. C'est toujours ça que je n'ai pas à débourser pour lui. Avec ma retraite, je ne vais pas loin. J'ai bien une petite pension pour mettre du beurre dans les épinards mais avec Véro d'un côté et Yvon de l'autre, le beurre il fond vite.
Coussinel lève son verre, invitant Mallet à en faire autant.
— Parlez d'une existence, reprend le sexagénaire. Entre un fils qui vit à mes crochets et une... compagne qui n'a aucune reconnaissance...
Il trinque une nouvelle fois comme si le pastis ne pouvait plus attendre.
— Le pire, voyez-vous, c'est qu'elle parte avec le petit.
— Elle va revenir, tente Mallet.
— J'en doute.
Le regard du policier fait le tour de la pièce, effleure le buffet et ses cartes postales, les calendriers écornés, les modèles réduits de camions et la photo poussiéreuse de Marcelline. Sur le dossier d'une chaise, un blouson de suédine râpé.
— J'ai eu le même, ment l'inspecteur.
— Le même ?

— Blouson de suédine.
— Celui-là ressemble à une loque mais mon fils le porte encore. Les détails vestimentaires, lui !
— Il aurait besoin d'une femme.
Coussinel soupire, désabusé.
— A l'entendre, elles sont toutes à mettre dans le même sac.
— Il doit bien se plier aux exigences de la nature de temps en temps ?
Une lippe peu convaincue dessine la réponse. Le bonhomme verse deux autres pastis d'autorité.
— Ah, s'il pouvait trouver quelqu'un et déguerpir ! Vous vous rendez compte du soulagement ? Malheureusement, c'est pas demain la veille !
Il marque un temps, se reprend.
— Enfin ! Balivernes tout ça ! A côté de cette sombre affaire de meurtres. Une enquête pas facile, évidemment. Surtout si l'assassin ne laisse rien derrière lui.
— Rien ? Pas si sûr.
Le verre à la main, Coussinel a suspendu son geste.
— Vous avez trouvé quelque chose ?
— Deux ou trois bricoles qui pourraient devenir des indices. Pour l'instant, rien ne prouve que cela appartient à notre tueur.
Le sexagénaire s'absorbe dans ses pensées.
— Je ne peux guère vous aider, dit-il enfin.
— Naturellement.
Les deux hommes boivent en silence.
— J'ai vu Lormier, bredouille subitement Coussinel. Il s'accuse lui-même, maintenant. Il avait picolé, notez bien. Comme moi, d'ailleurs.
Mallet se laisse conter l'événement, finit par sourire :
— Personnellement, je ne crois pas à la culpabilité du lamaneur. Mais je peux me tromper.

Coussinel observe le policier à travers la fumée âcre de sa maïs.

— Votre travail est passionnant, déclare-t-il.

— Parfois, oui. Mais il n'y a pas que des enquêtes de ce genre. Et les grosses affaires reviennent généralement à la P.J. Mallet s'interrompt avant de préciser : Ce qui ne nous empêche pas de travailler avec elle de temps en temps. La preuve.

— Ce tueur, vous avez quand même des chances de lui mettre la main dessus ?

L'inspecteur répond d'un haussement d'épaules, repose son verre vide.

— Un petit dernier ? questionne Coussinel.

— Pourquoi pas ?

Le pastis monte de nouveau à l'assaut des verres. A son tour, Mallet allume une cigarette. Sa céphalée a disparu. Les deux hommes trinquent comme pour souder leur complicité.

— Boire un petit coup, un des seuls plaisirs qu'il me reste, avoue Coussinel. Et puis ça permet de prolonger la conversation.

Le silence amplifie leur déglutition.

— C'est bien calme, observe Mallet.

— A cette heure-ci, oui. Le matin en revanche... avec la boulangerie du dessous.

— Vous les connaissez bien, les Noget ?

— Juste comme ça. Aurélien passait des heures chez eux. Pensez, avec les pâtisseries !

Le regard de Coussinel s'est évadé. L'évocation du gosse, sans doute.

— Et Véro ? Elle leur parlait ?

— Un peu. Bonjour, bonsoir. Savez, Véro, elle parle quand elle en a envie. Le plus souvent d'ailleurs, c'est pour rembarrer les gens.

— Je vois.

Mallet regarde sa montre. 22 heures.

— Il est temps que je parte, dit-il comme à regret.

— Mangez un morceau avec moi, propose Coussinel.

— Non, merci.

— Ça serait à la bonne franquette.

— Naturellement, mais sans façon.

Le sexagénaire affiche une mine de cocker rabroué.

— Une autre fois, poursuit l'inspecteur.

Coussinel a saisi la bouteille de pastis.

— Dans ce cas, vous accepterez bien la partante.

Mallet qui se levait est coupé dans son élan.

— Ça n'est guère raisonnable, observe-t-il en se laissant retomber.

CHAPITRE 11

— Allô ? C'est moi. Débrouille-toi comme tu veux mais il faut que je te voie. Je suis au Neptune.

Véro a raccroché, l'air absent, elle laisse traîner sa main sur le téléphone. L'imbécile va rappliquer illico. Elle en est sûre.

Assise sur le bord du lit, elle considère la chambre d'hôtel, indifférente. Dans son dos, Aurélien a fini par s'endormir.

Elle allume une nouvelle Marlboro. La sixième depuis qu'ils sont arrivés. Il a fallu attendre que le gosse daigne succomber au sommeil. Les histoires racontées sans conviction n'ont pas suffi. « Coulinet, lui, il fait des grimaces », a bredouillé l'enfant dépité. Véro n'a pu réprimer un mouvement d'humeur.

Elle se lève, marche de long en large, tapote sa cigarette sur le rebord du cendrier. Elle écarte encore le rideau mais la fenêtre plonge sur une cour dans la pénombre.

Aurélien a bougé. Véro fulmine. Pourvu qu'il ne se réveille pas. Mais non. Sa respiration trahit un sommeil profond.

Le téléphone grésille.

— Un monsieur vous demande, chevrote le veilleur de nuit.

Quelques secondes et Patrice Noget pousse la porte entrebâillée de la chambre 34. L'œil hagard du boulanger fait le tour de la pièce, se pose sur le lit où dort Aurélien.

— Qu'est-ce que tu fabriques ici ? demande-t-il enfin.

Véro prend un air catastrophé.

— C'est l'autre abruti. Il m'a mise dehors. Il se doute de quelque chose pour nous deux.

— Eh bien, comme ça, tu te libères de lui.

Du regard, Véro désigne Aurélien endormi.

— Tu peux me dire ce que je vais devenir avec le gosse sur le dos ?

— Bientôt, nous allons partir ensemble.

Véro hausse les épaules.

— Avec quel argent ? Tu m'as bien dit que la boulangerie appartenait à ta femme !

— A sa mère, oui. Mais j'aurai ma part. Je suis en train de m'arranger pour.

— En attendant, j'ai pas une thune.

Patrice Noget sort son portefeuille, en extirpe quatre Delacroix qu'il pose sur le guéridon près du sac à main de Véro.

— Je n'ai que ça sur moi, s'excuse-t-il.

Véro fait la grimace, enfouit les billets dans son porte-monnaie.

— Il vaut mieux éviter de nous voir pendant quelque temps, dit-elle. C'est plus prudent.

— Plus prudent ?

— Oui, il faut se méfier de tout. Et puis l'autre pourrait parler à ta femme. On ne sait jamais. Tu te retrouverais dehors sans rien.

— Je t'aurais toi, minaude le lourdaud.

Véro soupire, agacée.

— Si tu n'es pas capable de me faire vivre, tu peux toujours rêver !

Le regard du boulanger a viré au noir. Il agrippe Véro par les épaules, la secoue violemment.

— C'est tout l'intérêt que tu me portes ? Hein, espèce de garce ? Après ce que j'ai fait pour nous !

Véro tente d'échapper à la poigne de fer.

— Lâche-moi ! conseille-t-elle entre ses dents. Lâche-moi ou tu ne me verras plus jamais.

L'ours a desserré son étreinte.

— Pardon, bredouille-t-il, penaud. Je ne veux pas que tu me quittes.

— Alors montre-toi raisonnable. Quand je te dis qu'il vaut mieux ne plus nous voir pendant quelque temps, c'est dans notre intérêt. Surtout dans le tien, d'ailleurs.

— Pourquoi surtout dans le mien ?

— Tu devrais comprendre que nous n'avons pas pris les mêmes risques.

Patrice Noget s'est laissé choir sur l'unique chaise de la chambre. Les bras ballants, il regarde Véro allumer une nouvelle cigarette. Il réalise peu à peu. Il croit rêver. La rage lui vrille l'intérieur.

— Mais...

Mais à quoi bon.

— Ne fais pas cette tête-là, se moque Véro avec une pointe de triomphalisme.

Elle jubile de sentir ce gros pataud à sa merci. Pourtant, elle craint encore ses réactions. Elle connaît sa force. Elle sait qu'il peut lui sauter à la gorge, lui donner des coups, la tuer de ses mains. Elle s'approche, lui caresse une joue.

— Tu ne vas pas bouder, dis ?

L'autre ne bronche pas. Elle s'inquiète. Elle s'agenouille entre ses jambes, lui dégrafe lentement la ceinture. Il se laisse faire. Véro s'active, obtient ses premiers gémissements. Après, elle le fichera dehors gentiment.

— Quand tout sera terminé, nous nous retrouverons, a-t-elle menti.

Le boulanger s'est retourné trois fois avant de disparaître. Adossée à la porte qu'elle vient de repousser, Véro respire. Aurélien dort toujours. Elle tourne en rond dans la chambre, se décide subitement. Elle enfile son blouson, balance son sac à main sur une épaule, sort en hâte.

A la réception, elle demande un taxi puis s'enferme dans la cabine téléphonique pour appeler la police.

— Je suis au Neptune pour la nuit mais je vais faire un tour au Salon Duquesne, si ça vous dit...

Elle se marre en imaginant la bobine du planton à l'autre bout. Dehors, le taxi attend.

— Au Cupidon ! lance-t-elle au chauffeur comme par défi.

Le Cupidon est grand comme une boîte à chaussures. Il fait penser à un rafiot retapé qui cache sa misère dans les coins sombres. A sa barre : Pascal Sartini, un quadragénaire dégarni au visage hâlé et à l'accent méridional. L'œil professionnel, il photographie ceux qui s'encadrent dans sa porte avant d'en actionner la gâche électrique. A l'intérieur, quelques clients. Un couple d'Anglais, deux Parisiennes en goguette, trois marins des ferries, un quinquagénaire solitaire. Derrière son bar, Sartini est secondé par Natacha, une brunette de vingt-huit ans qui se laisse regarder et certainement en use.

Mallet l'observe à travers son verre. Il y a vingt minutes à peine, il ne savait pas qu'il atterrirait ici. En ressortant de chez Coussinel, une légère ivresse l'a rendu insensible à la brise de la nuit tombante. Il s'est d'abord dirigé vers la mer puis, comme il revenait sur les quais, le souffle chaud des restaurants a stimulé son appétit. Après un en-cas régulateur, ses pas l'ont conduit au Cupidon. Pascal Sartini l'a accueilli à bras ouverts. Mallet le connaît bien. Un gars rangé des voitures, ou presque. Depuis la dizaine d'années qu'il exploite son bar, il n'a jamais fait parler de lui. Pas un mauvais type au fond, même s'il lui arrive encore de recevoir de beaux poissons, histoire de ne pas rompre totalement avec le milieu.

C'est un peu pour ça que Mallet aime lui rendre visite à Sartini. Ce soir, il est venu lui parler du braqueur d'Intermarché. Le policier sait pertinemment que le patron du Cupidon a reçu ce tordu sans le connaître mais qu'importe. Façon comme une autre de remettre les pendules à l'heure.

Sartini a encaissé le coup.

— Comment voulais-tu que je devine, Richard ?

Son accent chantant a fait sourire Mallet.

— A toi d'avoir du flair.

— Je ne peux pas me méfier de tout le monde, voyons !

— Tu devrais.

Du braqueur à Véro, il n'y avait qu'un pas. Un pas que Sartini n'a pas franchi. Mallet l'a fait pour lui.

— Et cette Véro qui était là, elle vient souvent ?

— Depuis un moment, oui.

— Tu la connais bien ?

— Comme ça. Sans plus. Je sais qu'elle était copine avec les filles qui ont été...

Sartini n'a pas fini sa phrase. Par pudeur peut-être.

— Elles venaient chez toi aussi ?

— Quelquefois.

Le patron du Cupidon a baissé la tête comme pour marquer un instant de recueillement.

— Tu parles d'un drame ! Des choses comme ça, moi, ça me révolte. J'ai des petites clientes qui ne sortent plus le soir de peur de se faire agresser. Hein, Natacha ?

Sartini a pris sa barmaid à témoin et s'est éloigné pour encaisser des consommations. Les enceintes accrochées dans les angles diffusent la musique ininterrompue d'une station F.M.

Mallet sirote son peppermint, écrase sa cigarette, demande ce qu'il doit.

— C'est pour moi, intervient Sartini.

L'inspecteur hausse les épaules en posant un billet sur le bar.

— Je ne vois pas pourquoi.

— Parce que c'est de bon cœur.

— Dans ce cas, remets-nous un verre.

La gâche électrique grésille. La porte s'ouvre. Véro entre. Son étonnement se placarde sur son visage. Elle se demande si c'est du lard ou du cochon. Elle a pourtant bien dit aux flics qu'elle se rendait au Salon Duquesne. La présence du policier ne présage rien de bon. En prime, elle porte la jupe en jean et le T-shirt à lacet achetés avec le chéquier de Coussinel. Mais Véro n'est pas de nature à se démonter. Son œil exercé a repéré les deux verres sur le bar. Le lardu trinque avec le taulier. Le hasard ? Pourquoi pas ? Pourtant, le hasard, elle n'y croit guère, Véro. Sa ligne de conduite : la méfiance.

Elle s'approche, audacieuse.

— Alors, inspecteur, votre enquête vous a conduit jusqu'ici ?

— Mon enquête, pas vraiment, mais mon instinct, sûrement.

Arc-bouté sur son bar, Sartini a embrassé l'arrivante. Son accent a chanté un : « Salut Véro ! Tu vas bien ? » Puis, discrétion oblige, le patron du Cupidon est retourné à ses occupations.

— Je ne m'attendais pas à vous ici ce soir, confesse Mallet.

Véro observe le policier. Il la nargue, sans aucun doute.

— J'avoue que moi non plus. Comment avez-vous deviné ?

— Deviné quoi ?

Il le fait exprès. Elle en est persuadée.

— Que j'allais venir là.

Mallet ne se laisse jamais prendre au dépourvu.

— L'enfance de l'art, plaisante-t-il, incertain. Prenez quelque chose ?

— Oui, une coupette.

— Et où êtes-vous censée être ?

Là, il charrie un peu. Elle sonde l'inspecteur du regard, hausse les épaules.

— Vous savez bien. J'ai balancé au planton que j'allais au Salon Duquesne.

Mallet a pigé. « Quelle conne, pense-t-il. Elle n'a rien compris au film. » Il a envie de la secouer, de lui dire qu'elle est sûrement la prochaine sur la liste. Mais après tout, c'est son affaire.

— Vous avez appris pour Sophie Montebran ? se contente-t-il de demander.

— Oui, répond froidement Véro.

— Je pensais que cela vous toucherait davantage.

La brune suçote un peu de champagne, plante son regard dans celui de Mallet.

— Pourquoi pleurnicher les morts, ça ne les fait pas revenir.

— Vous avez failli mourir aussi, souligne l'inspecteur.

Véro ne répond pas, soupire, fataliste.

— Je me demande, enchaîne Mallet, comment l'agresseur a pu se trouver en deux endroits au même moment.

— Il a dû cavaler.

— Même en cavalant, ça paraît impossible.

— Je ne comprends pas.

— De vous à moi, nous non plus, finasse l'inspecteur. A moins qu'il y ait deux assassins.

Véronique Chambrier reste perplexe. Elle dévisage le policier en plissant des yeux. Elle cherche à savoir s'il ne se moque pas d'elle.

— Pourquoi pas ? finit-elle par admettre.

Leurs verres sont vides. Véro appelle Sartini.

— Remets-nous la même chose, Pascal !

Mallet ne proteste pas. Ça fait partie du jeu.

— J'ai vu Coussinel, relance-t-il à brûle-pourpoint. Votre départ l'a anéanti.

Elle hausse les épaules.

— Il n'a qu'à moins boire ! Et puis, je ne suis pas mariée avec lui !

— Il semble attaché au petit, insiste Mallet.

Les yeux trop fardés s'écarquillent.

— Il vous a chargé de plaider sa cause ?

— Pas le moins du monde. Disons que j'ai eu pitié.

La brune s'esclaffe.

— Vous rigolez ! Un vicelard pareil ! Il donnerait des bonbons aux petites filles. Elle sirote un coup de champagne avant d'ajouter : J'ignorais qu'on faisait du sentiment dans la police !

— Comme quoi !

Véro propose une cigarette. Elle redresse le buste à plein le T-shirt. Autour d'eux, les conversations vont bon train. Nul ne leur prête attention, si ce n'est un type au bout du bar qui a dû reconnaître le flic.

Véronique Chambrier se marre encore, méprisante.

— Quand je pense ! Trinquer avec un perdreau, ce soir !

— Il ne faudrait pas que ça vous fasse du tort, ironise l'inspecteur.

— Du tout. D'abord, je bois avec qui je veux.

— Dans ce cas ! conclut Mallet en levant son verre.

0 h 30. Le policier raccroche. En sortant du Cupidon, il a appelé de la première cabine venue pour signaler à ses collègues la position de Véronique Chambrier. Heureusement. Les gars de la B.S.N. planquaient en pure perte devant le Salon Duquesne.

Quelques gouttes de pluie. Mallet presse le pas. Son mal de crâne l'a repris. La fatigue aussi. Il aurait peut-être dû retourner voir Coussinel. Il réfléchit. Pour lui dire quoi, tout compte fait ? Il n'aurait rien eu de rassurant à lui annoncer.

Les portes vitrées du commissariat sont verrouillées. Le chef de poste vient ouvrir. Il est seul avec son « radio ». Le reste de la troupe jabote dans la salle de repos. L'heure du casse-croûte. Ça sent la cochonnaille, le fromage, le café.

Dans le couloir, devant les « garde-à-vue[1] », trois paires de godasses qui schlinguent. Le vol a l'arraché du début de soirée, un flag[2] de vol de voiture, une affaire de C.B.V.[3] avec arme blanche. Côté « geôles[4] », ça cogne dans les portes, gueule, chante, et délire : trois « I.P.M.[5] » « Bande d'enculés ! Flics de merde ! Je vous défoncerai la gueule !... » Le répertoire habituel. Les gardiens n'y prêtent même plus attention.

— Richard ! Tu prends quelque chose ?

— Non merci, sans façon.

Sympa les collègues, mais Mallet n'a plus qu'une hâte, récupérer ses clés au bureau et regagner le meublé qu'il occupe à cent mètres de là. Ce soir, la fatigue l'empêchera de compter les fleurs de sa tapisserie pisseuse.

Lorsqu'il redescend de la Sûreté, le chef de poste le hèle.

— Encore un mineur en fugue, lança-t-il en désignant une masse sombre recroquevillée sur trois fauteuils rapprochés du poste.

— Quel âge ?

— Quatorze ans. Le foyer d'où il vient est à soixante bornes et personne ne peut venir le chercher avant demain. Les foyers du coin, eux, n'en veulent pas, comme d'habitude.

Mallet maugrée. On rechigne sur la garde à vue de jeunes délinquants mais un fugueur de qua-

1. Locaux où sont gardés à vue les personnes interpellées.
2. Flagrant délit.
3. Coups et blessures volontaires.
4. Salles de dégrisement.
5. Ivresse publique et manifeste.

torze ans, lui, peut rester une nuit entière à écouter les ivrognes qui cognent dans les geôles.

Mallet salut le bricard. Le 17 retentit. La pharmacie de service... L'inspecteur franchit les portes vitrées lorsqu'il entend le chef de poste bougonner : « Pourvu qu'un jour on nous demande pas d'assurer le minitel rose ! »

CHAPITRE 12

8 h 30. Même décor, mais plus les mêmes têtes. Celles de la nuit sont parties à 6 heures. La brigade montante est celle qui a terminé la veille à 21 heures. Le poste connaît son affluence matinière. Point de rencontre, lieu de concentration de ceux qui sont arrivés ou arrivent. Un plexus solaire vers lequel gravitent « administratifs » et gardiens des différentes brigades, inspecteurs de la Sûreté et inspecteurs des R.G.[1], fonctionnaires de tous grades et techniciennes de surface qui trouvent un instant de répit en taillant des bavettes le coude sur leur manche à balai. On y épluche rapports, messages et mains courantes de la nuit. Par devoir ou par obligation. Parfois par simple curiosité. La permanence, elle, a déjà fait le tri de ce qui lui revient. Elle n'a pas le choix. De l'autre côté de la paroi vitrée, l'attente des premiers plaignants et dans les couloirs, un sujet de conversation, le sujet catastrophe : les assassinats.

Ces assassinats sur lesquels tout le monde piétine. La P.J. comme la S.U.[2]. Ces assassinats qui

1. Renseignements généraux.
2. Sûreté urbaine.

aigrissent les autorités, excitent les médias, titillent certains groupes d'autodéfense, et commencent même à stimuler les mouvements féministes.

Ceux de la P.J. François Grimbert et Franck Lefebvre sont déjà là. Ils comptent reprendre tous les interrogatoires à zéro. Celui de Véronique Chambrier, notamment. La brune en sait sûrement plus sur les filles qu'elle fréquentait. Les proches des victimes, leurs fréquentations, les patrons de bars, celui du Quibus, évidemment, leurs clients, Coussinel, son fils, le boulanger, Lormier, tous sur la sellette.

La liste des cinglés en divagation a été décortiquée et re-décortiquée. Celle des détenus élargis avant le premier assassinat aussi. Rien. L'examen des comptes bancaires de chacune des victimes : un coup d'épée dans l'eau.

Mallet n'a même pas eu le temps d'ouvrir son bureau. Rebelote. Tous au briefing. Discussion sur la répartition des tâches. Madelin et Hermel repartent sur le terrain à la recherche d'informations. Mallet, secondé par Vallois, retourne à ses fouilles aux archives. Quant à Quinet, il gratte avec les gars du S.R.I.J.[1] sur tout ce qui peut ressembler à des indices.

Il est 10 heures lorsque Roger Vallois cambre les reins, s'étire, expulse un bâillement gros comme un mugissement. Il sort son paquet de Rothman, le tend à Mallet. Plongé dans les anciens cahiers de garde à vue, l'inspecteur se sert distraitement. Il feuillette son septième registre sans grand espoir d'y trouver le fil d'Ariane. Tous

1. Service régional d'identité judiciaire.

ceux qu'il a lui-même maintenus au cours des dernières années n'ont aucun lien avec cette affaire d'assassinats.

— Je ferais mieux de chercher mon mercier ailleurs ! finit-il par soupirer.

Patient, Roger Vallois sourit. Il fouine de son côté.

— Quand on saura pourquoi ce fada t'envoie ces boutons, l'enquête sera bien avancée.

Une évidence que Mallet n'a pas le temps de méditer. Une agitation inhabituelle est montée subitement dans les couloirs. Quinet passe la tête par la porte entrouverte du fichier.

— Lormier s'est présenté spontanément. Il reconnaît être l'assassin.

Lefebvre se pointe à son tour, interpelle Mallet.

— Richard, tu peux venir ?

Le gars de la P.J. lui annonce la dernière.

— Il est dingue, se contente d'affirmer l'inspecteur de la Sûreté.

— Faut voir. Il a même apporté le câble de frein qui aurait servi à tuer.

Lefebvre entraîne son collègue vers le bureau où le lamaneur est interrogé par Grimbert. Mallet s'efface dans un coin après avoir refermé la porte en douceur derrière lui. Lormier attend sagement les questions. Il ne prête aucune attention aux deux arrivants.

— Ainsi, vous prétendez avoir assassiné Géraldine Roussel, Muriel Baron et Sophie Montebran ?

— Je ne le prétends pas, je l'affirme.

— Avec ça ?

Grimbert avance le câble enroulé sous le nez du lamaneur.

— Exactement.

— Pour quelle raison ?

Lormier s'enfonce dans sa chaise, croise les bras.

— Vous savez déjà que Muriel Baron m'avait extorqué 50 000 francs avec la complicité de Géraldine Roussel. Ce que je vous ai caché, la dernière fois, c'est que Sophie Montebran était dans le coup et que j'ai bien été l'amant d'un soir de Géraldine Roussel. Les trois garces étaient de mèche pour me faire cracher au bassinet. Tout était prémédité. Géraldine m'avait donné rendez-vous chez elle. Facile puisque son mari n'est jamais là. Nous étions dans nos ébats quand un flash a jailli. Sophie Montebran se marrait derrière le Polaroïd que j'avais remarqué sur un meuble de l'entrée. Elle a dit que la porte était ouverte et que, devant la scène, elle n'avait pu s'empêcher de saisir l'appareil pour nous faire une blague. J'ai pris ça à la rigolade. Je ne me suis pas méfié non plus lorsque Géraldine a ramassé la photo avec précaution. La suite, vous la devinez. Les trois garces m'ont tarabusté. Sous forme d'amusement, d'abord. Elles se proposaient de revendre la photo au plus offrant ou de l'envoyer à ma femme. Et puis le jeu a tourné. Le chantage a été plus direct. J'ai casqué 50 000 francs à Muriel Baron mais je me suis fait rouler dans la farine pour la photo. Si bien qu'elles sont revenues à la charge. J'ai donc décidé de les éliminer. Voilà, vous savez tout.

— Tout, peut-être pas, rectifie Grimbert. Admettons que votre histoire se tienne. Il faut que vous nous donniez les détails de vos actes, maintenant. Oh, pas par goût morbide mais pour vérifier certaines choses !

— Je pensais que cela vous suffirait.

— Non, pas vraiment. D'abord, pourquoi avez-vous décidé subitement de passer aux aveux.

— Disons qu'aujourd'hui je n'ai plus rien à perdre puisque ma femme m'a quitté. Tous ces événements ont fait jaser et elle a fini par entendre des bruits sur Géraldine Roussel et moi.

— Et notre collègue Mallet, là-dedans ?

Lormier se dandine, embarrassé.

— Il n'y avait pas vraiment de rapport. En réalité, j'ai une vieille rancœur contre l'inspecteur Mallet. Une rancœur plutôt idiote, j'en conviens, mais c'est ainsi.

Le lamaneur se tourne vers Mallet.

— Souvenez-vous de Laurent Chaplain que vous aviez arrêté pour trafic de stupéfiants. Sa mère n'a pu le supporter. Le chagrin l'a poussée au suicide.

Lormier renifle, pathétique.

— Vous comprendrez quand vous saurez que ce suicide a emporté celle avec qui je voulais refaire mon existence.

Calculé ou non, son silence tombe comme un malaise.

— Depuis, je me suis marié, reprend-t-il, mais je ne pourrai jamais oublier. Les boutons de mes victimes, c'était une sorte de défi au destin et une marque de mépris à l'égard de ce que vous représentez pour moi.

Les policiers échangent leur perplexité d'un regard furtif. Grimbert relance l'interrogatoire, sollicite des détails. Quand, le premier meurtre ? Où ? Description des lieux, des vêtements de Géraldine Roussel ce jour-là. Les réponses sont vasouillardes. Certaines correspondent à la réalité, d'autres non. Lormier prétend avoir commis ces crimes dans un état second. Il n'a plus la mémoire de tout. Les questions pleuvent. Quel bouton avez-vous arraché à Géraldine Roussel ? Le premier ? Le troisième ? De quel vêtement ? Comment l'avez-vous fait parvenir à l'inspecteur Mallet ? Lormier se trouble encore. Il ne sait plus trop bien.

— Par la poste, répond-t-il comme au hasard.

Et ça recommence pour les autres victimes. Le lamaneur tombe à côté de la plaque trois fois sur cinq. Il dit qu'il ne se souvient pas. L'agression de Véronique Chambrier ? Oui, c'est lui aussi. Il voulait faire diversion pour courir tuer Sophie Montebran. Les lettres découpées et collées sur les enveloppes adressées à Mallet ? Dans des revues achetées à dessein et brûlées aussitôt après usage. Quelles revues ? *Paris-Match*.

— Un petit café ? demande Lefebvre.

Lormier hoche la tête.

— Si vous voulez.

L'inspecteur de la P.J. sort du bureau.

— Nous allons reprendre tout depuis le début, déclare Grimbert en s'installant à la machine à écrire. Retour à la case départ. L'interrogatoire insidieux recommence. Lefebvre rapplique avec un café du distributeur. Le lamaneur a saisi le gobelet avec des gestes d'automate.

— Pourquoi vous fatiguer, puisque je vous dis que c'est moi !

Mais Grimbert poursuit inlassablement. Lormier perd patience. Il refuse de répondre, raconte des salades, bat la campagne. Les heures passent. Mallet finit par décrocher. Hermel et Madelin sont revenus. Ils discutent avec Vallois dans le couloir.

— Alors ? demande le divisionnaire.

Mallet rapporte par le menu les derniers événements sans cacher son scepticisme.

— Pourquoi nous monterait-il un bateau ? questionne Hermel. Je ne vois pas l'intérêt.

— Moi non plus, avoue Madelin. A moins d'être dingue. Un temps de réflexion et il ajoute : Ou de vouloir couvrir quelqu'un.

16 heures. Rebondissement. Lormier est bel et bien ficelé. Une nouvelle perquisition à son domicile a enfoncé le clou. Des bottines ont été découvertes. L'un des talons ne présente plus qu'un fragment de fer usé. Celui récupéré par Madelin dans l'immeuble de Sophie Montebran le complète parfaitement. Un puzzle de deux pièces. Inespéré.

Les gars de la P.J. s'activent pour déférer le lamaneur au juge d'instruction. C'est l'ébullition. Toute la Sûreté est réunie sur le palier. Chacun y va de ses commentaires. Mallet écoute sans adhérer à la liesse qui prend des airs d'hallali.

— Tu vois ? lui fait Madelin, triomphant, maintenant c'est carré !

Il s'apprête à ponctuer sa phrase d'une bourrade mais son collègue s'est déjà éclipsé.

CHAPITRE 13

Véro s'étire. Ses bras tendus émergent du drap qui lui remonte jusqu'au nez. Elle cambre son dos, libère un bâillement. Aurélien joue avec ses Tortues Ninja sur la moquette de la chambre. 11 h 20. Elle se redresse. La tête lui tourne. Elle a trop bu cette nuit. Lorsqu'elle s'est couchée, elle a eu la désagréable impression de faire un tour de *scenic railway*. Elle s'est relevée deux fois pour vomir la cause de ses montagnes russes avant de sombrer dans une sorte de narcose.

Au Cupidon, après le départ de l'inspecteur Mallet, les deux Parisiennes qui gloussaient dans leur coin ont voulu lier conversation. Deux gouines en goguette. Véro l'a vite compris. Elle s'est piquée au jeu, histoire de. Quand la plus proche lui a caressé subrepticement la cuisse pendant que l'autre payait le champagne avec une poignée de billets, elle a senti qu'elle pourrait en tirer quelque chose. Tout s'est terminé dans la chambre des filles. Véro avait déjà pratiqué ce genre d'exercice et les nanas en ont eu pour leur argent. En prime, elle leur a fourgué le chéquier de Coussinel. L'une des donzelles était brune comme elle et lui ressemblait assez. Suffisamment, en tout cas, pour jeter la confusion si jamais...

Quand elle est repassée au Cupidon, Pascal avait tiré les rideaux pour faire sa caisse. Elle a toqué au carreau. Il a ouvert, un sourire goguenard au coin des lèvres.

— Alors ? l'a-t-il chambrée.

— Tu n'avais qu'à venir !

Elle a bu avec Pascal Sartini jusqu'au petit matin. Lorsqu'elle est rentrée, elle s'est effondrée sur le lit sans prêter la moindre attention à Aurélien.

Elle le regarde ahurie, étonnée de le voir là, assis au milieu de la chambre, jouant avec les espèces de monstres payés par l'autre demeuré de Coussinel. Cette nuit, elle a laissé l'enfant seul dans la chambre d'hôtel. Elle sait que cela ne pourra durer ainsi. Si elle veut être libre de ses mouvements, elle n'a qu'une solution.

— Ça te dit de retourner chez Julien ? demande-t-elle au gosse.

Aurélien a sauté sur ses jambes. Ils se sont habillés et les voilà revenus, main dans la main, devant le 12 de la rue de la Morinière. Le boulanger les regarde passer sans rien comprendre. Là-haut, Coussinel a entendu des pas dans l'escalier. Il ouvre sa porte, en reste comme deux ronds de flan.

— Toi ?

— Tu vois.

Julien se dandine, emprunté. Il prend Aurélien dans ses bras.

— Je savais que tu reviendrais, Coulinet.

Dans l'appartement, une porte claque. Yvon Coussinel vient de s'enfermer dans sa chambre.

— Faut pas faire attention, dit Julien.

Véro jette son sac de voyage sur le lit. Elle se rajuste. Coussinel l'attire contre lui. Elle se dégage mollement.

— Laisse-moi le temps de débarquer, se défile-t-elle. Et puis je suis complètement crevée.

— Repose-toi, si tu veux. Pendant ce temps, j'irai acheter quelque chose à manger avec Aurélien. Hein, Coulinet ? Coussinel se penche et ajoute en secret : Et puis, on ne sait jamais, on croisera peut-être un marchand de sucettes.

Véro s'est allongée. Coussinel a refermé la porte, entraîné Aurélien dans l'entrée, enfilé sa veste pied-de-poule caca d'oie. Yvon s'apprête à sortir aussi. Il toise son père, persifle :

— Alors, ta morue est revenue ?

— Qu'est-ce que ça peut te faire ? Si t'es pas content, tu n'as qu'à prendre tes cliques et tes claques. Je te l'ai déjà dit.

Yvon Coussinel hausse les épaules, tourne le dos, disparaît dans l'escalier en grommelant. Aurélien attend sagement, sans chercher à comprendre ce qui s'est dit. L'important, c'est la sucette promise par Coulinet.

La sucette n'a pas été des moindres puisqu'il a dû s'y reprendre à trois fois pour en venir à bout. Le gamin n'a définitivement abandonné le bâton poisseux qu'en fin d'après-midi.

— Tu viens ? lui demande Julien. Je te paie un Orangina au café du coin.

Ils ne sont que tous les deux. Véro est repartie vers 15 heures et Yvon n'est pas revenu.

Le Quibus est en effervescence. Les ondes F.M. ont déjà divulgué l'arrestation du lamaneur.

Jacques Bonardin, le patron du bar, affiche une mine réjouie. Il biche.

— J'en étais sûr ! Je l'avais dit !

Du coup, Muguette Sorel, l'ex-patronne du café voisin, a replongé dans le Saint-Raph. Dès qu'elle a entendu les infos, elle est venue trinquer avec les soiffards habituels du Quibus, dont certains, comme la demi-portion d'Hubert Rochette, ont déjà les yeux embués par l'alcool.

Julien Coussinel s'est installé avec le petit à une table de marbre. Il fait bande à part. Il préfère. Dans la glace du fond, il voit entrer Véro. Des exclamations. Des embrassades glutineuses. Bonardin joue les pieuvres. Véro les aperçoit enfin.

— Alors c'est comme ça que je vous trouve au bistrot ?

— Coulinet m'a payé un Orangina, jubile Aurélien.

— A moi, il va payer un kir, rétorque la brune.

Les conversations ont repris.

— Tu es au courant pour Lormier ? demande Julien.

— Non. Qu'est-ce qu'il a, Lormier ?

— Il s'est livré à la police. Il est en prison pour les assassinats.

Véro a un haut-le-corps.

— Là, ça me la coupe ! Lui, ce foie blanc !

Elle boit la moitié de son kir, garde son verre à la main, le regard lointain comme si elle cherchait à comprendre, puis fait cul sec.

Bonardin arrive déjà avec une autre bière et un nouveau blanc-cassis.

— C'est de la part de Muguette, annonce-t-il. Faut bien arroser ça, pas vrai ?

— A qui le dis-tu ! s'exclame Véro.

— C'est vrai que tu étais en danger, remarque Bonardin en retournant derrière son bar. Maintenant, tu pourras te balader tranquille.

Le brouhaha a redoublé dans le petit café. Véro se penche pour parler en confidence à Julien.

— Je voulais te dire, pour ton chéquier, il faut faire opposition. Comme ça, tu ne perdras rien.

— Et l'enquête ? Tu pourrais être démasquée.

— Il n'y a que le patron du Don Quichotte à rembourser. Lui seul me connaît. Pour les autres, laisse courir.

Véro explique son stratagème. Les deux greluches du Cupidon.

— Elles vont s'en servir aussi. Pour noyer le poisson, y a pas mieux.

— Ce n'était pas la peine. Je me serais arrangé pour couvrir tes chèques.

— Maintenant, y a plus le choix.

— Tu as raison, capitule Coussinel.

Il ne veut pas la froisser. Il ne veut pas qu'elle reparte. Il baisse la tête. Il a honte. Aurélien le chahute, rieur. Julien soupire, résigné, comme si l'abjection était le prix de ce sourire.

Les mains dans les poches, Richard Mallet est passé devant chez Vandigue. Il a contourné l'amas de cyclos encombrant le trottoir, jeté un œil dans l'atelier au fond duquel il a repéré Yvon Coussinel penché sur un vélo à l'envers. Un second passage, le policier entre. Le fils Coussinel a l'air seul. Il ne se retourne même pas.

— Vous vous intéressez au vélo, inspecteur ? ironise-t-il comme s'il avait des yeux dans le dos.

— Aux accessoires, seulement. Je ne vous dérange pas ?

— Non. Le patron m'a laissé la boutique et je n'ai rien à cacher. Vous savez que je bricole au noir, de toute façon.

Yvon Coussinel resserre encore quelques rayons, fait tourner la roue, en examine le jeu. Le pneu crisse dans la paume de sa main.

— Vous parliez d'accessoires ?

— C'était une allusion.

— Une allusion à quoi ?

— A l'arme des crimes.

Le fils Coussinel fronce les sourcils.

— Vous ne saviez pas que le tueur utilisait un câble de frein ? insiste Mallet.

— Si, je l'ai appris mais quel est le rap...

Yvon Coussinel s'interrompt, se redresse lentement, commence à comprendre !

— Les câbles de frein de vélos, c'est pas ça qui manque, ici. Mais, je croyais que l'assassin était sous les verrous !

— On le croit, en effet.

— Pourquoi ? Le lamaneur n'est pas coupable ?

L'expression de Mallet placarde son scepticisme.

— Cette arrestation ne vous a pas surpris, vous ?

Yvon Coussinel hésite.

— Si. Enfin oui et non. Il retourne le vélo, le plaque dans un coin, enchaîne : D'abord, ça ne me regarde pas ! Ensuite si vous doutez vous-mêmes, comment se fait-il que Lormier soit en prison ?

— A cause d'indices graves et concordants, selon la formule consacrée.

— Vous voulez dire à cause des preuves ?

— Justement non.

Yvon Coussinel a l'air d'y perdre son latin.

— Vous êtes venu me parler de quoi, au juste ? D'une erreur judiciaire ?

— D'une erreur, non. D'une injustice, oui. Question de morale, sans plus. Le véritable assassin doit se frotter les mains. Pensez ! La belle aubaine !

— S'il court encore, sûrement. Coussinel dévisage l'inspecteur avant d'ajouter : Mais je ne vois pas ce que j'ai à faire là-dedans.

— Rien, rassurez-vous. Je voulais juste bavarder quelques instants.

— Bavarder ? J'ai déjà dit ce que j'avais à dire à vos collègues de la P.J. Maintenant, j'aimerais bien qu'on me laisse en dehors de tout ça !

— Malheureusement, une telle enquête ne peut épargner personne. La vérité est souvent là où on ne la soupçonnait pas. Et puis il faut penser aux victimes.

Yvon Coussinel ébauche un rictus de dédain.

— Des victimes comme ça ! Vous parlez ! L'assassin les a triées sur le volet !

— Véronique Chambrier aussi ?

— Elle ? Il ne l'a pas trucidée. Dommage ! Dans la hiérarchie des garces, c'est sûrement la plus gradée ! Remarquez, qui vous dit qu'elle a été agressée par l'assassin ? Si elle a été agressée, naturellement !

— Rien, sinon la façon de procéder. Selon elle, l'homme portait une suédine ou un vêtement en daim.

— Et alors ?

— Alors, c'est curieux parce que le lamaneur, lui, n'en avait pas.

Richard Mallet a plaqué le fils Coussinel sans

autre forme de procès. N'obéissant qu'à ses impulsions, il a repris le manche de la R9 du service jusqu'au pied de l'immeuble de Sophie Montebran, rue d'Issoire. Il a passé en revue la rangée de boîtes aux lettres. Sur l'une d'entre elles, figés comme un épitaphe, les nom et prénom de la jeune femme assassinée. Au premier étage, l'appartement mortuaire, le silence, la macabre vision de ce visage glacé par la mort. Mallet tourne le dos, se dirige vers la porte d'en face.

L'étiquette glissée dans la sonnette dénonce la locataire. Madeleine Fleury. Un coup bref. Une attente qui vrille d'impatience. Un second coup plus appuyé. A l'intérieur, on s'agite. Des pas qui traînent sur la moquette. On ouvre. La sexagénaire reconnaît l'inspecteur. Elle a déjà été tracassée le jour de la sinistre découverte. Son visage marque l'étonnement, mais son regard azur reste empreint de mansuétude. Une canitie que l'on jurerait artificielle, un collier de perles d'un bel orient, des clous d'oreilles assortis, la dame paraît confuse de son tablier chasuble à pois blancs et de ses sans-gêne aux pieds. Elle s'efface pour laisser entrer l'inspecteur. A sa façon d'être, on discerne le respect et, sans doute, la crainte que lui inspire la police.

— Que puis-je pour vous ?

Mallet sort une photographie. Celle de Lormier. Il l'a chipée tout à l'heure sur le bureau de Quinet.

— Sans doute avez-vous appris l'arrestation de l'assassin présumé. Tenez, regardez-le et dites-moi si vous l'avez déjà vu rôder par ici.

La dame a saisi délicatement le cliché qui tremble entre ses doigts.

— C'est lui ?

— Oui.

— Non. Je ne le connais pas. Il vous a dit pourquoi il faisait ça ?

— Une histoire de vengeance.

Impressionnée, emportée par la curiosité, la dame examine encore la photo. Elle l'éloigne, la rapproche, la regarde au jour. Son expression s'est subitement métamorphosée.

— Bougez pas !

Mallet s'en serait bien gardé.

— Il me semble..., soliloque-t-elle, sans lever les yeux.

Un temps d'hésitation puis elle se lance, sûre de son fait.

— C'était mercredi en fin d'après-midi. Il est venu sonner en face. Je n'y aurais pas prêté attention s'il n'avait tant insisté sur la sonnette. J'ai ouvert pour lui dire que la p'tite dame devait être sortie. Il avait l'air ahuri. Comme s'il avait bu. Il a bredouillé quelque chose avant de disparaître dans l'escalier.

Elle détaille encore la photo.

— Aucun doute, c'est lui. Je le reconnais, maintenant.

— Mercredi après-midi, dites-vous ?

— Il pouvait être dans les 5 heures, 5 h 30. Je veux dire 17 heures, 17 h 30. La p'tite dame est arrivée trois quarts d'heure après. J'ai entendu sa clé. Elle est repartie presque aussitôt.

Mallet a rempoché la photo.

Ainsi, Lormier a traîné ses guêtres dans l'immeuble la veille du crime. Il a donc pu perdre son fer de chaussure à ce moment-là. Évidemment, rien ne l'empêchait de revenir le lendemain pour commettre la macabre besogne, mais Mallet n'y croit guère. Il reste même convaincu que si la brave dame avait révélé cette visite lors de l'enquête de voisinage, le lamaneur n'aurait pas été écroué. De fait, s'ajoutant aux aveux, qui, seuls, n'étaient pas déterminants, cette histoire de fer de godasse a forcé la décision du juge.

Absorbé dans ses réflexions, Mallet oublie de démarrer au vert. Il se fait conspuer à grands coups de klaxon. Il embraye trop vite. Calé. Cette fois, c'est complet.

Étrange personnage, ce Lormier. Que joue-t-il s'il est innocent ? Les martyrs ? Les psychopathes ? Peut-être l'est-il réellement ? A moins que... Non, pourquoi couvrirait-il le véritable assassin ?

Les voitures qui le précèdent ont stoppé. Mallet pile in extremis. Décidément, ce n'est pas son jour pour la conduite.

Il ressasse l'interrogatoire, les réponses de Lormier. Des réponses qui sonnent de plus en plus faux dans sa mémoire. Sa pensée divague, s'écarte du lamaneur, effleure le visage livide de Sophie Montebran, se fixe un instant sur Yvon Coussinel. Il revoit les enveloppes avec les lettres découpées, la bouteille de pastis de Julien, ses putains de maïs...

Sans s'en rendre compte, Mallet fait hurler les pneus en franchissant la grille du commissariat. Il flanque rageusement sa portière, grimpe jusqu'au premier. Pas âme qui vive. Le couloir est vide. Les bureaux également. Les gars de la P.J. ont plié bagage. Il relâche la vapeur, subitement, comme s'il était soulagé de n'avoir trouvé personne.

Personne ? Pas tout à fait. Du côté de l'I.J., ça remue encore. Gérard Quinet est seul. Assis à son bureau, il feuillette un *Paris-Match*. Il en a tout un stock près de lui.

— Les dix dernières semaines, commente-t-il sans lever le museau. Le juge d'instruction en a de bonnes ! Il faut retrouver les pages dans lesquelles ont été découpés ces satanés collages. Une aiguille dans une botte de foin !

Désolidarisées des enveloppes, alignées en bon ordre et numérotées sous pochette plastique, les lettres mystérieuses attendent que Quinet découvre leur petite sœur dans les hebdomadaires qu'il épluche.

— J'en suis au troisième. Après celui-là, j'arrête. D'ailleurs, à part nous, tout le monde s'est tiré, alors y a pas de raison !

Quinet compulse les dernières pages de l'hebdo entamé, le balance dans un coin, interroge sa montre.

— « Le poids des mots, le choc des photos », moi j'en ai ras-le-bol ! Si on se prenait une gamelle à côté ?

— Allons-y !

Le 4-22 siège à l'angle du boulevard Clemenceau, à deux pas d'ici. Le 4-22. Clin d'œil du nouvel exploitant qui n'a pas trouvé meilleure enseigne eu égard à la proximité de la Grande Maison. Maurice, le patron, a le flegme et le franc-parler du banlieusard qui vient de sortir de l'orbite parisienne. Il donne l'impression d'avoir tout vu dans son métier de cafetier, alors, pour lui, la province...

La tournée de Quinet. Celle de Mallet. Le troisième pastis est offert par Maurice. Il trinque avec eux. Il sert d'autres clients, revient. On parle de la pluie et du beau temps, du dernier modèle de la Régie. Tout le monde se connaît ici.

Il y a justement des gars de chez Renault, vendeurs et magasiniers, qui terminent leur journée devant un apéro.

L'heure est au badinage. Mallet donne le change, regarde sa montre. Ça tombe bien, son collègue est pressé. Les deux hommes ressortent du café. Quelques gouttes de pluie forcent le pas. Soudain Quinet s'arrête, comme statufié au milieu du trottoir.

— T'as vu leur logo ?

— Quel logo ?

— Sur le blouson des gars.

— Le losange Renault ? Ne me dis pas que tu ne l'avais jamais vu, il est sur toutes les bagnoles !

L'ijiste[1] hausse les épaules.

— Sur les bagnoles et peut-être derrière tes putains de découpages, figure-toi ! Arrive, je vais te montrer !

Trente secondes après, les deux policiers sont penchés sur le verso des lettres que Quinet a eu un mal de chien à décoller.

— Regarde, ici !

De la pointe de son stylo, le spécialiste désigne, au dos des trois premiers caractères, des striures convergentes qui ressemblent, en effet, à des fragments du logo de la Régie.

— Pour moi, commente Quinet, notre gus a découpé ces trois lettres dans une page où il y avait une pub Renault.

Il se redresse en tapant sur la pile de *Paris-Match*.

— Nous verrons bien si c'est là-dedans ! Mais, pas ce soir.

1. Fonctionnaire de l'I.J. (Identité judiciaire).

Extinction des feux. Quinet enfile les couloirs, lève un bras sans se retourner.

— Il fera jour demain, pas vrai ?

Jacques Bonardin rayonne derrière son bar. Jocelyne Bonardin, l'épouse insignifiante, lave les verres dans son ombre. Les lumières criardes du Quibus placardent de la pâleur sur les visages émaciés et embrasent les figures vultueuses. Tout baigne dans un climat aussi blafard que la couleur liège foncé des murs. Muguette Sorel hoquette, sous le regard injecté de son compagnon d'infortune qui lui colle toujours autant de roustes. A côté d'eux, Hubert Rochette surnommé « Microbe ». Puis un serrurier en bleu, un plâtrier en blanc, un postier en tenue panachée, deux ou trois chômeurs. Sur une banquette de skaï vert, véritable feuille de choux grêlée tant elle est truffée de trous de cigarette, Julien Coussinel attaque son troisième apéro. Le premier lui a été offert par Muguette Sorel et le second par le serrurier. Évidemment, Coussinel a renvoyé l'ascenseur. Les sujets de conversation n'ont guère varié. Géraldine Roussel, Muriel Baron, Sophie Montebran, les crimes, le lamaneur... Coussinel n'intervient pas dans cette logorrhée. Il trinque avec le serrurier, rappelle à l'ordre Aurélien qui s'est aventuré sur le pas de la porte, aperçoit Richard Mallet qui s'apprête à entrer.

— Bonjour inspecteur ! lance Bonardin.

Les autres ont retenu subitement leur langue. La bête curieuse les a extirpés de leur bain verbeux.

— Vous venez pas nous mettre au gnouf, des fois ? blague en éructant le concubin de Muguette Sorel.

Le policier hausse les sourcils.

— Il faudrait d'abord une raison pour ça !

La buveuse de Saint-Raphaël donne du coude.

— Moi, j'en connais plusieurs ! bredouille-t-elle, l'haleine chargée de vin cuit.

Tout le monde s'esclaffe.

Mallet a repéré Coussinel, sur la banquette du fond.

— Alors, Aurélien ? fait-il en frictionnant la tête du môme. Tu me reconnais au moins ?

— Parlez, s'il vous a reconnu ! s'exclame Coussinel. Prenez place, inspecteur. Je vous offre un verre.

Mallet s'installe.

— C'est moi, objecte-t-il.

Aurélien s'assoit à côté de lui. Les deux hommes échangent un regard entendu.

— Je vous l'avais dit qu'ils reviendraient, remarque le policier.

Les prunelles de Julien sourient.

— Du moment que j'ai le petit, dit-il comme s'il s'en excusait.

Bonardin a pris la commande. Deux pastis et un Orangina pour le gosse. Le cul des verres heurte sèchement le plateau de marbre. Julien verse l'eau. La carafe tremblote un peu.

— Je suis passé voir votre fils, annonce sournoisement Mallet. Une visite de routine.

La carafe s'est arrêtée de couler.

— Pour l'enquête ? Mais, je la croyais terminée !

— Une enquête ne l'est jamais vraiment. Il reste toujours des vérifications à faire.

La glabelle de Julien s'est rembrunie.

— Il n'a pas dû vous apprendre grand-chose.

— Non, mais nous avons bavardé un peu.

Ce fourbe de Bonardin devait guetter les verres. A peines sont-ils vides qu'il se pointe avec deux nouveaux pastis.

— C'est pour moi, précise-t-il avant de retourner tenir la jambe à ses piliers de bar.

Julien et Mallet échangent un nouveau regard de connivence. Ils pensent à leur incartade de la veille.

Coussinel lève ses épaules.

— Faut bien se détendre un peu.

Les deux hommes boivent en silence.

— Il n'aura pas d'ennuis, au moins ? reprend Julien.

— Votre fils ? Pourquoi voulez-vous ?

— A cause...

Le sexagénaire marque une pause avant de poursuivre :

— A cause du travail au noir.

— Je n'ai pas été le voir pour ça, vous savez.

Julien admet d'un mouvement de tête.

— Lui qui n'est pas bavard, enchaîne-t-il, je me demande bien de quoi il a pu vous parler.

— De peu de chose, en effet. De son mépris pour les victimes et, disons, de son antipathie pour votre amie.

— Je m'en doute. Surtout qu'avec son retour à la maison...

Bonardin revient avec deux autres pastis.

— De la part de Muguette, explique-t-il.

Mallet proteste poliment, lève son verre d'un geste timoré pour remercier l'âme généreuse qui attend ostensiblement cette marque d'intérêt. Muguette Sorel répond en singeant le signe du policier, écluse son vin cuit, s'essuie les badigoinces.

Coussinel observe l'inspecteur.

— Ils arrosent tous l'arrestation de Lormier, murmure-t-il.

— Et vous ?

— Voyez, je préfère rester à l'écart.

— Pourquoi ? Vous n'êtes pas convaincu de la culpabilité du lamaneur ?

— Oh, moi, ce que j'en sais ! Remarquez, hier soir, vous-même auriez juré qu'il était innocent !

Mallet se frotte le menton.

— On peut toujours se tromper. La preuve !

Le ton de l'inspecteur surprend Julien.

— Vous n'avez pas l'air satisfait.

— Question d'amour-propre, sans doute. Je ne voyais pas le lamaneur coupable et, au bout du compte... Enfin, du moment que l'assassin est hors d'état de nuire !

Coussinel se frotte le sourcil.

— Et la protection de Véro ?

— Plus aucune utilité... Si tant est qu'elle en ait eu une.

Le sexagénaire écarquille les yeux.

— Vous oubliez cette tentative ! Si Véro n'avait pu en réchapper, vous auriez reçu le deuxième bouton de son chemisier à elle aussi.

Le policier vrille le regard de Coussinel. Les deux hommes restent figés.

— Coulinet, j'ai faim !

Aurélien tire Julien par la manche.

— T'as raison, on y va. Tu veux des patates sautées, comme l'autre jour ?

Le gamin répond oui de la tête.

— Alors, il est temps de nous en occuper !

Coussinel termine son verre.

— Les pommes de terre, il adore ça,

commente-t-il. Le plus long c'est de les éplucher. Vous m'excuserez, inspecteur ?

Mallet est sorti à son tour. Il les regarde s'éloigner, main dans la main, allume une cigarette. « Le deuxième bouton de son chemisier... » Il n'a pas envie de rentrer. D'un coup de voiture, il sera au Cupidon. L'accent de Pascal Sartini lui changera peut-être les idées. Son accent ou bien les verres qu'il va boire avec lui.

CHAPITRE 14

Après trois jours et trois nuits, Véro est enfin rentrée. Des jours et des nuits de bacchanale avec un groupe de cadres en séminaire. Les yeux cernés mais une liasse de billets en poche, la brune s'est faufilée dans le couloir en espérant éviter une rencontre avec Patrice Noget. Là-haut, en poussant la porte, elle n'a pu, cependant, échapper au regard de cocker de Coussinel. Il n'a pas dit un mot. Ni un « bonjour » ni un « tiens, te voilà ! » Il est retourné à son petit-salé-haricots devant le journal de 20 heures aux côtés d'Aurélien. Dès qu'il a aperçu sa mère, le gosse a repoussé son assiette pour courir vers elle.

— Tu vas me faire tomber ! lui a-t-elle reproché doucement.

Un baiser furtif sur le front et elle l'a renvoyé à la table sous laquelle Yvon Coussinel ne semble pas avoir mis les pieds.

— Je suis fatiguée, a-t-elle annoncé en gagnant la chambre.

— Veux-tu manger ? demande Julien.

— Si tu n'as que des haricots à me proposer, tu peux te les garder ! Apporte-moi plutôt une ou deux tartines de confiture.

Quand Julien pousse la porte avec son plateau, Véro, avachie en travers du lit, dort d'un sommeil stertoreux. Il la redresse sur l'oreiller, défait un à un les boutons de son chemisier, dégrafe sa jupe qu'il tire tant bien que mal. Cette demi-nudité réveille sa concupiscence. Le geste devient lascif, caressant. Véro se tourne brusquement.

— Fiche-moi la paix ! grogne-t-elle en se lovant.

Julien n'insiste pas. Il la recouvre d'un drap et d'une couverture, la borde, repart avec ses tartines de confiture.

Dans la salle, le marchand de sable est passé aussi pour Aurélien. Julien se débarrasse de son plateau, porte Aurélien dans la chambre, le couche à côté de sa mère. Heureusement, il était déjà en pyjama.

Julien prend une maïs, en triture le bout qu'il va pincer entre ses lèvres, se sert un verre de vin, s'installe devant le petit écran. Il ne lui reste plus que ça. Un film en noir et blanc, admirable mais qu'il a déjà vu dix fois, *Un singe en hiver*. Gabin et son Yang-Tsê Kiang, Belmondo et ses corridas, deux paumés sur toile de fond couleur ivresse.

Une clé trifouille la serrure de l'entrée. Yvon apparaît. Il jette son blouson dans un coin, se laisse tomber entre les bras du fauteuil gémissant. Pas de bonjour. Il se relève, va à la cuisine, revient avec une canette de bière.

— Encore un film ringard, ronchonne-t-il en zappant d'autorité.

Lui, ce qu'il aime, c'est *Supercopter, L'Homme qui tombe à pic, L'Agence tous risques*. Un western par-ci, par-là. Julien ne proteste même pas. Il préfère aller faire un tour.

La fraîcheur crépusculaire le saisit. Il hésite

entre deux directions. Le port ou le Quibus. Il ferme sa veste. La vitrine éteinte de la boulangerie lui renvoie son image. Il a l'air attifé comme quatre sous. Si Marcelline le voyait ! Il choisit le port. Peut-être à cause de Marcelline, justement.

Jusque-là tout allait bien, se dit Richard Mallet en titubant sur les pavés du port. Heureusement, à cette heure, la nuit est tombée et le quai du Carénage désert. L'air du dehors l'a fauché. Il en est conscient. Conscient, il l'était aussi en se rendant au Filet Bleu, un petit bar de marins-pêcheurs tenu par ce vieux renard de Louis Mèche, un maigre quinquagénaire dont la moustache en croc ressemble à des défenses de morse. Un chic type en fait, que Mallet et ses collègues connaissent depuis plusieurs années. Un bon bougre qui dépanne tout le monde, ouvre son frigo quand les gens ont faim, partage le poisson ou les crustacés qu'on lui offre, bref, qui donnerait sa chemise. « Méchoui », c'est son sobriquet. Il le tient depuis toujours d'une soirée bachique et de l'inversion de ses nom et prénom.

Il y avait un bout de temps que Mallet n'avait mis les pieds au Filet Bleu. Comme un bon chien au retour de son maître, Méchoui lui a fait fête. Il lui a fait sa fête aussi. Une cuite que Mallet n'a pas vu arriver. Pourtant il s'y attendait. Peut-être même était-il venu la chercher.

Maintenant, il s'en veut. Il se remet en cause, traîne la savate sur les pavés luisants d'humidité qui sont autant de pierres d'achoppement. Il a eu le flair de venir à pied. Ou plutôt la prévoyance. A 18 heures, il a enfilé son imperméable, bien décidé à fuir la boutique où seul Madelin qui coule quelques jours de repos aurait pu le retenir. Il a mis le cap sur le Filet Bleu avec, au fond de lui, l'espoir d'y trouver une thérapie. Depuis un moment, son spleen lui colle au talon comme de la glaise. L'air du temps. Avant-hier, Madeleine Fleury, la voisine de feu Sophie Montebran, a déposé officiellement dans le cadre de la commission rogatoire délivrée à la P.J. Quand Mallet a appelé Grimbert pour lui répéter les révélations de la sexagénaire, le divisionnaire est monté sur ses ergots.

— C'est moi qui suis saisi rogatoirement ! Pas toi !

Autrement dit : de quoi tu te mêles ? Après quelques répliques bien sonnées, le ton a fini par mollir.

— Bon, alors ! Qu'est-ce qu'elle raconte ta mémé ?

Grimbert a bien été obligé de convenir que Lormier avait pu perdre son morceau de fer de chaussure la veille du crime de Sophie Montébran.

— Elle aurait pu nous dire ça du premier coup, la vieille ! a rouscaillé le divisionnaire. Pas fait pour arranger les choses, un truc pareil !

En attendant, le lamaneur croupit en détention provisoire. Gérard Quinet, quant à lui, a épluché tous les *Paris-Match* sans y découvrir la moindre preuve matérielle de ce qu'avait prétendu Lormier. Pas la plus petite lettre similaire. La possible correspondance entre les pubs Renault et les parcelles de logo figurant au dos des premiers caractères décollés. Le mystère reste entier.

— Si ça n'a pas été découpé dans *Match*, ça l'a été dans une autre revue, a avancé Mallet en examinant les montages de Quinet. Tu permets que je regarde encore ?

— Si tu penses faire mieux que moi ! a grincé le spécialiste, irrité.

Du coup, Mallet n'a pas insisté. Il est ressorti de l'Identité judiciaire, les bras ballants.

Il les a également ce soir. Leur poids le fait pencher en avant. Sa tête chavire. Elle tourne comme ces paillettes de lumière qui irisent les pavés mouillés. Tout luit et il n'existe plus de démarcation entre le quai et le bassin qui brasille. Quelque part, des embarcations clapotent. Des toiles faseyent dans leur gréement. Richard Mallet veut voir. Il s'approche. L'eau est encore à une vingtaine de pas. Du moins le croit-il. Soudain on l'empoigne par son blouson. On le tire en arrière.

— Vous m'avez fait peur, inspecteur !

Il regarde Coussinel, abasourdi.

— Qu'est-ce que vous fichez là, vous ? bafouille-t-il comme un reproche.

— En faisant mon tour, je vous ai aperçu. Ça n'a pas l'air d'aller, dites-moi !

— Pourquoi ?

— Pour un peu vous tombiez à l'eau.

Richard Mallet s'esclaffe.

— Tomber à l'eau ? Vous rigolez !

Le policier chancelle. Il cherche à se retenir, ne trouve que l'épaule de Coussinel.

— Scusez ! bredouille-t-il.

— On pourrait peut-être revenir ensemble, propose le sexagénaire.

— Si vous voulez.

Les deux hommes ont pris la direction des ponts. Le trottoir se déforme comme à travers une loupe. Pourtant, Mallet s'efforce de marcher droit. Une voix intérieure le lui impose. Il regarde où il met les pieds, ne prête aucune attention aux rares voitures dont il perçoit le chuintement des pneus sur le bitume détrempé.

— Dure journée ? avance Coussinel, le ton passablement malicieux.

— Oui. Surtout la soirée.

— J'ai connu ça et ça m'arrive encore plus souvent qu'à vous, le rassure Julien.

— L'enfoiré de Méchoui, il m'attendait en embuscade ! soliloque Mallet.

Leurs pas résonnent dans l'armature en ferraille du pont Colbert. Soudain, le policier s'arrête, défaille, s'accroche à la rambarde.

— Merde ! Vacherie de merde ! gronde-t-il en se reprenant. Pour un flic !

— Ça prouve que vous êtes comme les autres, le soutient Coussinel. Allons, venez !

Ils repartent, dépassent la capitainerie et la poste du Pollet, franchissent le deuxième pont, longent le bassin Duquesne. La pluie a redoublé. L'esprit de Mallet est un peu moins embrumé.

— Rentrez chez vous, déclare-il, vous allez vous faire saucer.

— Parlez !

L'inspecteur hausse les épaules.

— Si la compagnie d'un flic bourré vous chante !

— Elle vaut celle d'un crétin comme moi.

Mallet ricane.

— Un crétin ? Vous êtes loin d'en être un !

— Allons ! Vous savez bien que je ne suis qu'un fantoche blackboulé par son fils et pigeonné par une catin.

— Virez-les !

— Comment voulez-vous que je mette Yvon à la

rue ? Quant à Véro, si je la perds, je perds Aurélien. Comprenez ?

— Videmment.

Mallet marque un temps, reprend :

— Moi, j'ai plus personne, alors j'ai pas de problèmes. Tenez ! Voyez, j'habite seul, dans une pièce, là, à vingt mètres.

Maintenant il pleut comme vache qui pisse. Les deux hommes ont trouvé refuge sous un abribus. Coussinel sort ses maïs, tend son paquet chiffonné au policier.

Pataud, Mallet palpe ses poches avant de se décider.

— Je veux bien, j'en ai plus.

L'inspecteur vise la flamme qui vacille dans les mains du sexagénaire. Les courants d'air n'arrangent rien. Enfin, ça y est. La fumée âcre chauffe la bouche du policier.

De son ongle, Coussinel tasse l'extrémité de sa Gitane.

— Je vais attendre que ça se calme, explique-t-il. Vous pouvez rentrer, vous. Vous êtes à deux pas.

— Alors que vous m'avez raccompagné ? Et puis personne ne m'attend.

Ils fument en silence. Mallet se racle la gorge. Il frissonne dans ses vêtements humides. Cette fraîcheur qui le transperce l'a pratiquement dessoûlé.

— Je me demande ce qu'on penserait après ça, dit-il.

— La belle affaire ! Nous avons tous nos moments de défaillance. Vous comme moi. Vous avez beau être flic, vous n'échappez pas à la règle.

Mallet réfléchit.

— Sans doute, admet-il, enfin.

Coussinel tire sur sa maïs, l'air lointain.

— Ça me rappelle... En décembre 44, quelques amis et moi avions pris une bonne cuite avec un sous-officier anglais. Pour nous faire plaisir, à l'approche de Noël, le brave type avait décidé de nous offrir trois ou quatre caisses de poudre de fruits, citron et orange, provenant des stocks de l'armée anglaise. Je l'avais accompagné sur le port avec une voiture à bras. Nous étions si bourrés qu'en revenant avec nos caisses, le sous-officier s'était affalé dans un tas de vieux cageots et ne s'en était pas relevé. Deux cents mètres plus loin, j'étais arrêté par la Military Police anglaise. Pour éviter que notre rosbif au grand cœur n'ait des embêtements, je m'apprêtais à tout prendre sur le dos en m'accusant de vol quand il a émergé de ses cageots en baragouinant des choses qui l'ont conduit directement au poste. Pour ma part, j'ai été relâché presque aussitôt. La voiture à bras a été confisquée et je n'ai jamais revu notre bon Samaritain.

— Une leçon de solidarité, observe Mallet. Un peu comme celle de ce soir.

La pluie a cessé. Le policier épie son interlocuteur. Il s'apprête à lui poser une question quand le sexagénaire annonce :

— Je crois que je vais pouvoir y aller !

Il laisse tomber son mégot, ne l'écrase pas. L'inspecteur lui tend la main.

— Merci pour... ce bout de conduite.

— Ne me remerciez pas. Ça m'a permis de bavarder un peu. C'est pas tous les jours que je parle à quelqu'un qui m'écoute.

Il esquisse un mouvement de repli, se retourne.

— Et puis, vous m'êtes bien sympathique, monsieur Mallet.

Le policier reste gauche.

— Vous aussi, vous m'êtes sympathique, confesse-t-il enfin.

Il écrase le mégot de Coussinel et ajoute :

— Dommage que vous fumiez des maïs.

CHAPITRE 15

Gérard Quinet est d'une humeur exécrable. Il a quatre haschischins à « signaliser[1] ». Le quatuor a été pincé le joint aux lèvres dans une bagnole à la chapelle du Bon Secours. Au faîte de la falaise, ce véritable amer pour les marins en est un aussi pour policiers et douaniers. Lieu de prédilection des fumeurs de hasch, le parking qui surplombe le port est devenu le piège de bien étranges poissons.

Quinet se démène avec l'un des gugusses aux paluches pleines d'encre. Il rouscaille car l'autre a traîné ses doigts sur la fiche décadactylaire. Tout à l'heure, déjà, il a eu un mal de chien à lui faire adopter le bon maintien sur la chaise Bertillon pour les clichés de face-profil. Il est vrai que cette inquiétante chaise de bois, étroite, disproportionnée, surmontée d'un demi-cercle métallique pour l'emplacement du cou, ressemble plus à un instrument de torture qu'à un siège de confort. D'autant qu'une réglette la sépare en deux à l'endroit précis où vient prendre position le sillon fessier.

Mallet attend la fin des opérations pour faire signer au patient les derniers actes de procédure.

1. Prise d'empreintes et photo d'un individu.

Il interroge sa montre. 16 heures. Sa gueule de bois s'est un peu atténuée. Ce matin, au lever, il a eu l'impression d'avoir bouffé un édredon. La bouche pâteuse, le cerveau embrumé et une tenace envie de bâiller, il est venu au travail sans entrain. Méchoui, Coussinel, Coussinel, Méchoui... Ses souvenirs de la veille sont nébuleux. Il tente de les remettre en ordre. Comme un puzzle auquel il manque des pièces.

— J'ai fini avec ton gazier ! le réveille Quinet.

Il ne reste plus que celui-là. Les trois autres ont déjà été relâchés. Quelques signatures tremblées et l'urgence est enfin traitée. Depuis ce matin, il a fallu cavaler, descendre et remonter entre les salles de garde à vue, la Sûreté, le cabinet médical du rez-de-chaussée qui n'est autre qu'un bureau sommairement aménagé. Les usagers paranos ont été examinés par le premier toubib disponible. Ce dernier a décrété qu'ils étaient tous bons pour le service ou plus exactement pour leur maintien en garde à vue. Aucun d'entre eux n'a reconnu qu'il dealait. Le *shit*, ils l'ont acheté ensemble lors d'un voyage à Amsterdam. C'est leur nouvelle trouvaille. Avant, ils se le procuraient auprès d'un grand Noir ou d'un Maghrébin de Barbès.

Mallet redescend avec son camé d'opérette. Fin de garde à vue. L'épave va pouvoir reprendre la fille de l'air. Dans le poste, trois gardiens discutent « syndicat ». Deux îlotiers se dirigent vers la machine à café. Un autre remplit une main courante. Personne ne se préoccupe des deux arrivants. Affalé sur une chaise, un sous-brigadier valétudinaire s'éponge le front en soufflant.

— Remise en liberté ! fait Mallet. Il faut lui restituer sa fouille.

— Y'a qu'à voir avec le chef de brigade,

rétorque le fonctionnaire ventru et sûrement podagre.

Le chef de brigade est justement derrière lui. Il prend le registre ad hoc et annonce qu'il va faire le nécessaire.

Mallet remonte, poussif. Madelin est dans le couloir.

— Devine ! lance-t-il à son coéquipier.

— Devine quoi ?

— Lormier est revenu sur ses aveux. Il a été remis en liberté sous contrôle judiciaire.

Vincent Hermel, Roger Vallois, Gérard Quinet et quelques autres ont rappliqué. Ça discute ferme. Les points de vue divergent. Au bout du compte, et dans le doute qui finit par l'emporter, chacun s'accorde à dire que la formule n'est pas si mauvaise.

— Une chose est sûre, les lettres n'ont pas été découpées dans *Paris-Match*, renchérit la voix rauque de Quinet. Lormier a dit ce qui lui venait à l'esprit.

Ceux de la P.J., Grimbert et Lefebvre, ont dû en convenir également. Le lamaneur n'a raconté que des histoires. Sur tout. De façon suffisamment convaincante pour se retrouver inculpé et en détention. Paranoïa ? Mythomanie ? Ruse de diversion ? Mystère. Devant le juge d'instruction, Lormier a invoqué un passage à vide. Grâce au témoignage de Madeleine Fleury, la voisine de palier de Sophie Montebran, la preuve matérielle que constituait le morceau de fer de chaussure a été vite démontée. D'autant que Lormier a reconnu avoir traîné ses guêtres dans l'immeuble la veille du crime.

Guillaume Madelin suit Mallet dans son bureau.

— Tu avais raison de douter, admet-il. Il se lisse le bouc, ajoute : Il faut se rendre à l'évidence, l'assassin est toujours dans la nature et j'ai bien l'impression qu'on va être obligé de recoller aux fesses de la môme Véro.

Mallet affiche une mine résignée.

— On verra avec les gars de la P.J. De toute manière, depuis l'arrestation de Lormier, la fille n'était plus protégée et notre péquin avait le champ libre pour la trucider.

— Son inaction était peut-être destinée à accréditer la culpabilité du lamaneur.

— Peut-être.

Le trille du téléphone met un terme à leurs réflexions. Une personne convoquée. Le gérant du supermarché du quartier Saint-Rémy. On venait de lui livrer deux palettes de yaourts et il n'avait pas encore eu le temps de tout étiqueter lorsque la direction départementale de la concurrence et de la consommation lui était tombée dessus. Manque de bol. Deux cents yaourts, deux cents infractions relevées. Maintenant, il faut entendre le délinquant par procès-verbal sur instructions du parquet qui a transmis le dossier pour exécution. Évidemment, le marchand de yaourts vitupère. Il engueule Mallet. Il trouve qu'il y a mieux à faire que d'ennuyer ceux qui bossent du matin au soir. Le policier l'écoute poliment. Il a tenté de lui expliquer mais à quoi bon. L'autre ne voit qu'une chose, ce qu'il va devoir payer. Il signe pourtant. Disparaît. Vincent Hermel en profite pour s'engouffrer dans le bureau, une liasse de papiers dans la main.

— Regarde ça ! lance-t-il en mettant un imprimé orange sous le nez de Mallet.

Vincent Hermel est le préposé aux plaintes du jour. Mallet examine le document. Escroquerie par émission de chèque volé. La formule qui accompagne la déclaration lui saute aux yeux. Le titulaire du compte n'est autre que Julien Coussinel.

— Le commerçant qui a déposé plainte, commente Hermel, est un marchand de fringues de la rue piétonne. La fille a pris une jupe et un T-shirt. Une brune aux cheveux courts. Il ne sait pas s'il la reconnaîtrait.

Mallet parcours le P.V., relit le vague signalement, hoche la tête de haut en bas.

— Tu penses comme moi ? lui demande son collègue.

La mimique ponctuée d'un soupir forcé est éloquente.

— A moins d'être tombé de la dernière pluie, n'importe qui ferait le rapprochement.

18 h 05. Il y a dix minutes que Mallet a froissé son paquet d'américaines vide. Il se lève, enfile son blouson, passe devant le bureau ouvert de Madelin, annonce à ce dernier qu'il va acheter des cigarettes à la gare. Le divisionnaire, qui planche sur un dossier de détournement de fonds, ne relève même pas la tête. Les cigarettes, lui, il ne faut plus lui en parler. Il a subitement décidé d'arrêter. Bravo ! Mallet voudrait bien l'imiter. En ce moment, c'est plutôt le contraire. Il fume davantage qu'hier et moins que demain. Chaque jour, il se donne un jour de plus avant de mettre fin à cette saloperie qui lui empâte la bouche, lui irrite la gorge, lui fiche la trouille du cancer, empeste ses vêtements et devient onéreuse. Il se

persuade qu'il va bientôt mettre un trait sur tout ça. En attendant, il cavale après ses clopes. Il s'empresse tant qu'il évite de peu un piéton égaré sur sa trajectoire. Un piéton qui arrête net sa course à la carotte. Les deux hommes font volte-face.

— J'allais chez vous, inspecteur.

Mallet réalise qu'il a affaire à Coussinel.

— Des ennuis ?

— Non, pas spécialement. Je venais prendre de vos nouvelles. Mais vous partiez ?

— Juste un saut au tabac de la gare.

— Curieux, j'en arrive.

Coussinel tapote la poche de sa veste d'où dépasse un magazine roulé.

— Toujours mon hobby, explique-t-il laconiquement. Je peux retourner avec vous. Nous prendrons un verre au buffet.

Les deux hommes marchent côte à côte sur le trottoir. Mallet a l'impression d'être abusé par un phénomène d'ecmnésie[1]. Il y a quelque temps, il a vécu la même situation. Seule différence, c'était un matin. « J'aurais aimé faire votre métier. » Il entend encore les paroles de Coussinel, ce jour-là.

Comme d'habitude, l'entrée de la gare est squattée par des clodos. Mallet règle son paquet de cigarettes, l'ouvre aussitôt. Le buffet est juste en face. Deux portes vitrées à pousser. La salle est pleine et enfumée. L'heure est aux potaches qui attendent leur train ou leur car. Ça sent le café, le chocolat, la bière éventée. Ça piaille tous azimuts. Mallet a repéré une table dans le fond, sous une glace immense qui tapisse la salle de sa propre

1. Fausse impression du déjà vécu.

image. Nœud pap', l'un des garçons a pris commande. Deux pastis.

— Vous tombez bien, déclare Mallet, j'avais à vous parler. Pour deux raisons. Une personnelle et une professionnelle. D'abord, pour hier soir, je voulais... enfin je tenais...

Coussinel ne le laisse pas terminer. De la main, il chasse le propos comme on tourne une page de cahier.

— Et la raison professionnelle ? demande-t-il aussitôt.

— C'est au sujet de votre chéquier.

Le visage du sexagénaire s'est métamorphosé.

— Mon chéquier..., répète-t-il mécaniquement. Il s'agit sûrement de celui que j'ai perdu, non ?

Mallet hausse les épaules en signe d'ignorance.

— Si vous l'avez perdu, il ne l'a pas été pour tout le monde !

— On s'en est servi ? bredouille Coussinel.

— Au moins une fois, dans un magasin de vêtements pour dames.

Le bougre tremblote.

— Heureusement, j'ai fait opposition sur tout le carnet.

— La femme qui a émis le chèque, poursuit l'inspecteur, est une brune aux cheveux courts, entre trente-cinq et quarante ans, pas très grande, plutôt sûre d'elle. Ça ne vous dit rien, des fois ?

Les yeux de Coussinel se sont embués. Son silence est parlant : il déstabilise Mallet. Le policier ne s'attendait pas à une réaction aussi instantanée.

— Véro, n'est-ce pas ?

La tête basse de Julien est celle d'un gosse pris en faute. Mallet s'en veut un peu. L'arrivée de leur commande crée un intermède. Le garçon tourne les talons. Julien relève les yeux, se ressaisit.

— En réalité, tout est de ma faute, commence-t-il. Au début, j'avais dit à Véro qu'elle pourrait utiliser mon chéquier, en cas de besoin. Il y a quelques jours, elle l'a pris en oubliant de m'en parler. Comme un imbécile, j'ai cru que je l'avais perdu et j'ai fait opposition. Résultat : il va falloir que j'aille payer les commerçants que Véro a réglés par chèque.

Coussinel marque un temps, satisfait de sa pirouette. Il continue à donner le change.

— Je ne pensais pas qu'il y aurait déjà une plainte.

Mallet hoche la tête de gauche à droite. Le bonhomme lui inspire plus de pitié que de mépris.

— Véro avait une procuration ?

— Non.

— Et le chéquier, vous l'avez récupéré ?

— Aussi bizarre que ça puisse paraître, Véro l'a perdu. Mais pour de bon, cette fois.

Le soupire du policier est plein d'incrédulité.

— Décidément ! Je me demande comment vous allez vous y retrouver dans tout ce micmac.

Coussinel a un air piteux.

— Je me le demande aussi, murmure-t-il.

Autour d'eux, la salle s'est vidée peu à peu. Les potaches ont laissé la place à une clientèle parsemée et moins turbulente.

Coussinel cherche le garçon des yeux. Son doigt dessine un rond au-dessus des verres vides. Histoire sans paroles. Une carafe pleine, deux nouveaux pastis arrivent sur la table.

— Je vais tout rembourser, reprend le sexagénaire, en commençant par le commerçant dont vous venez de me parler. Il retirera sûrement sa plainte.

— S'il est payé, oui.

Coussinel repousse le paquet de cigarettes que lui tend l'inspecteur.

— Non, merci, j'ai les miennes.

Il palpe sa veste, pose sur la table le magazine qui était roulé dans sa poche, trouve enfin ses maïs. Mallet penche la tête.

— *La Passion du camion*, lit-il à haute voix. Je comprends pourquoi vous me parliez de votre hobby.

— De temps en temps, j'achète ce mensuel.

— Je suppose que vous gardez tous vos numéros.

— Non. Juste quelques-uns. En fait, les revues, c'est un peu du gaspillage. On finit souvent par y envelopper nos épluchures de pommes de terre.

— Souvent mais pas toujours, objecte sournoisement Mallet. Il arrive aussi qu'on s'amuse à les découper.

Véro a claqué la porte si fort que la clé a été expulsée de la serrure. Elle cherche le commutateur, dégringole l'escalier, saute les deux dernières marches, se souvient alors du boulanger. Elle allège le pas. Trop tard. Une porte s'est ouverte dans son dos, une poigne d'acier lui saisit le bras. Noget a fait irruption dans le couloir. Il devait guetter.

— Tu te fous de moi ! beugle-t-il d'une voix qu'il s'efforce de maîtriser pour que personne n'entende. Explique-moi ce qui se passe ! Je ne te vois plus ! Je deviens dingue !

Il ponctue chacune de ses phrases en pétrissant les bras de Véro de plus en plus fort. La brune tente de se dégager. L'autre ne lâche pas. Il lui fait mal. Elle le toise, méprisante.

— Arrête ! Arrête, ou tu ne me reverras plus !

— Espèce de salope ! Tu crois que tu vas pouvoir me laisser comme ça !

Patrice Noget exsude la haine. Sa bouche se déforme, sécrète au coin des lèvres un liquide spumeux.

— Je préfère te tuer ! souffle-t-il avec une haleine d'outre-tombe. Ses grosses poignes farineuses lui enserrent le cou. Dans la pénombre, Véro ne voit qu'elles. Qu'elles et le blanc de deux yeux exorbités.

— T'es fou ! Tu sais bien que je tiens à toi, capitule-t-elle.

L'autre ne bouge plus, ne parle plus. Soudain, il retire ses mains. Ses bras tombent, restent ballants.

— Pardon, murmure-t-il, l'air malheureux.

Véro profite de l'avantage.

— Maintenant, pousse-toi !

— Non ! Attends ! Il faut que je te parle.

— Après ce que tu viens de me faire ? lance la brune en se massant le cou.

— Je t'ai demandé pardon.

— Tu crois que ça suffit ? De toute manière, il fallait que ça se termine un jour, pas vrai ? Alors autant que ce soit maintenant.

Le boulanger transpire.

— J'ai tout compris, espèce de sale pute ! Tu n'as plus besoin de moi, hein ? C'est ça ? Hein ?

Véro éclate de rire.

— Tu sais que pour un boulanger t'es pas si

tarte que ça quand tu veux ? Non mais regarde-toi ! Tu me vois, moi, rester avec un suiffeux dans ton genre ?

La gifle qu'il lui assène arracherait la tête d'un bœuf. Véro va dinguer contre le mur. Elle ne hurle pas. Elle en a vu d'autres. Noget recommence son cinéma. Il la regarde, ahuri.

— Tu me pousses à bout, dit-il enfin comme pour s'excuser.

Véro réfléchit. Il faut en finir. Et puis, si ça continue, il va la tuer. Elle décide de changer de stratégie.

— Je sais que je t'ai poussé à bout. C'est de ma faute. Je ne voulais pas...

Elle s'approche timidement. L'autre la prend dans ses bras. Il pue la sueur. Qu'importe. Il faut gagner du temps.

— Je ne voulais pas, répète-t-elle en simulant un sanglot.

Il lui caresse les cheveux.

— Jeudi soir, j'ai mon repas hebdomadaire avec mes copains de chasse. On se verra après ?

— D'accord.

— Embrasse-moi.

Véro s'exécute en dissimulant son dégoût, cherche un faux-fuyant.

— Et si ta femme...

— Aucun danger. Elle est partie à notre maison de Saint-Martin. Je lui ai dit que j'avais encore à faire et que je la rejoindrais plus tard.

— Elle va t'attendre, tente Véro, et puis le vieux pourrait bien descendre et nous surprendre.

Elle se dérobe d'un mouvement de hanches, glisse comme une anguille, sans en avoir l'air, sans brusquerie. Elle ouvre la porte, revient sur ses pas. Un baiser furtif, histoire de jouer le jeu. Elle s'échappe enfin.

Elle cavale. Elle veut s'éloigner au plus vite. Le gros porc ne va pas l'emporter en paradis. Elle se le jure. Au coin de la rue, le rideau s'est baissé. Elle respire à pleins poumons. La vie reprend son rythme. Véro aussi. C'est l'heure charnière. La nuit tombante, enseigne de liberté. Elle se sent soulagée, extirpée de l'insipidité du jour. Fini les tronches de premiers de la classe, les regards qui ne savent rien, auxquels il n'arrive rien, les mecs cravate-serviette aux allures de séminaristes, les peintres, terrassiers, laveurs de carreaux qui sifflent les gonzesses comme les petits chiens aboient de loin. Fini les bourgeoises bien réglées qui paradent en faisant les renchéries, les ménagères préoccupées par la bouffe du soir, les dondons reproductrices entourées de gosses morveux. Fini le regard éploré et les paluches tremblotantes de Coussinel, qui lui a encore pris la tête avec ses bourdes. Quand elle y pense ! En rentrant, tout à l'heure, il lui a raconté son entrevue avec l'inspecteur Mallet.

— J'ai compris qu'il te soupçonnait, tu sais. Ne t'inquiète pas, je vais tout payer.

— C'est malin ! Si j'avais refilé le chéquier aux deux gouines, c'était pour éviter ça, justement !

— Dès demain, je file rembourser le commerçant qui a déposé plainte.

— Lequel ?

— Celui chez qui tu as acheté la jupe et le tee-shirt, rue piétonne.

— Celui-là ! Un vicieux pareil ! Et il a osé ? Attends ! J'irai le payer moi-même mais quand sa bonne femme sera là. Il va être servi, c'est moi qui te le dis !

— Tu ferais mieux de t'abstenir. Si tu veux qu'il retire sa plainte.

— Tu baisses encore ton froc ! T'as vraiment rien où je pense !

— Si je paie, c'est bien à cause de toi !

— Et à cause de tes conneries !

Du bruit sur le palier les a interrompus.

— Taisons-nous ! a chuchoté Coussinel. C'est Yvon. Faut pas qu'il sache.

Yvon Coussinel est entré, maussade. Il s'est enfermé dans sa chambre, a mis de la musique.

— De lui aussi, t'as les pétoches, ricane Véro. Je croyais que tu devais le mettre dehors. Tu parles.

Elle a attrapé son blouson.

— Moi, vos têtes d'abrutis, j'en ai ma claque !

La porte a ébranlé toute la maisonnée.

En descendant, c'est l'autre imbécile de Noget qui a pris le relais. Cette brute lui a fichu la trouille. Heureusement, tout ça ne va plus durer.

Elle marche d'un bon pas. Elle a rancard au Cupidon avec un drôle de type qui lui a fait du gringue dans l'après-midi. Le gars est plus jeune qu'elle. La trentaine, peut-être. Petit mais beau gosse, il a les yeux pleins de malice et le baratin facile. Son fric chiffonné et le faux prénom qu'il se donne ont une odeur d'arnaque. Luigi.

Luigi est accoudé au bar. Il a lié connaissance avec Pascal Sartini. Ils parlent avec les mains, entre gens du soleil. Autour d'eux, la fumée rougeâtre des spots.

— Ça va, ma belle ? chantonne l'accent de Sartini.

Véro embrasse les deux hommes, s'adresse à Luigi :

— Tu vois que c'est sympa, ici.

Le patron du Cupidon les laisse s'installer dans un coin. Luigi lui a fait signe. Une bouteille de champ'. Le couple est volubile. Le rire de Véro éraille la musique. Très vite, ils ont su qui ils étaient l'un et l'autre. Luigi est un aigrefin. Il raconte ses filouteries. Elle renchérit avec les siennes. Ils trinquent, se marrent. Luigi commande une seconde bouteille.

— Tiens ! Connais-tu la meilleure façon de bouffer à l'œil ?

— J'en connais quelques-unes mais je t'écoute.

— Il faut être deux. Tu entres dans un resto, et tu commandes une bonne bouffe. A la fin du repas, tu laisses traîner un paquet de cigarettes à moitié vide et un vieux briquet sur la table. A ce moment-là, ton pote se pointe et demande à qui appartient la bagnole rouge qui bloque la sienne à vingt mètres de là. Tu te confonds en excuses, fais signe au patron ou au serveur que tu reviens. Tes clopes et ton feu abandonnés sur la nappe le prouvent. Une fois la porte franchie, il n'y a plus qu'à recommencer ailleurs en inversant les rôles pour que l'autre puisse becqueter à son tour.

— Pas con, admet Véro.

— Note qu'à la place des clopes, tu peux laisser n'importe quoi, un bloc, un stylo, une revue, des lunettes que tu auras tirées quelque part. Ta vieille écharpe, tes vieux gants...

— Ta petite culotte, pouffe Véro.

Le regard plissé de Luigi la détaille, se pose sur ses cuisses, s'insinue entre elles. Véro l'observe, amusée. Il ne lui déplaît pas, ce chevalier d'industrie au sourire séraphique et au prénom spaghetti. Luigi sent qu'elle l'épie. Les yeux dans les yeux, ils choquent leurs coupes. Le geste est lent, lascif. Ils savent déjà qu'ils finiront la nuit ensemble.

CHAPITRE 16

Mallet souffle sur son café bouillant. A peine installé, il voudrait déjà être remonté dans son bureau. Il a des tas de choses en tête. Face à lui, Guillaume Madelin prend son temps. Les bras croisés, le patron du 4-22 se campe devant leur table, histoire d'échanger quelques banales impressions sur la journée qui s'annonce. Le café est loin d'être bondé. Juste les habitués de 9 heures. Derrière eux, la porte s'est ouverte. François Grimbert et Franck Lefebvre viennent d'entrer.

— On nous a dit où vous étiez.

Les gars de la P.J. prennent place.

— Nous revoilà ! claironne ironiquement Grimbert. Quel taré, ce Lormier ! Il faut tout reprendre. Même la filature de notre Véro nationale !

Mallet ne relève pas. Il sait que la protection de la fille ne servira à rien. Il en a la certitude. Hier soir, en quittant Coussinel, il est revenu au kiosque de la gare. Dans les bouillons, la marchande de journaux lui a retrouvé les trois derniers mensuels de *La Passion du camion*.

Il a attendu le départ de Quinet pour s'installer

dans le bureau de l'Identité judiciaire. Les découpages d'un côté, les revues de l'autre, il a entamé sa prospection en commençant par le plus ancien des mensuels. Dès la sixième page, il est tombé sur un logo Renault. Au verso, les jumelles de plusieurs lettres découpées. Plus loin, grâce à une inscription sur fond rouge, il a déniché le « A » de « MALET », le « I », le « N » et le « U » d'« INSPECTEUR ».

Il aurait pu continuer ainsi. Il s'en est abstenu. A quoi bon ? Il a fermé la boutique, ramassé les revues dans son tiroir, enfilé son blouson. Il est venu prendre un coup chez Maurice. Il aurait souhaité y rencontrer du monde. Il n'y avait personne. Il s'est rabattu chez un copain restaurateur qui l'a gardé à dîner. Plus tard, dans la nuit, il s'est arrêté sous les fenêtres de Coussinel. Comme ça, sans but. Qu'aurait-il obtenu à cette heure-là ? Des éclaircissements ? Des aveux ? Il est allé sonner chez une ancienne amie. Un type torse nu a entrouvert. Des excuses. Le prétexte de s'être trompé d'appartement. L'amertume. L'humiliation. Il a écrasé sa cigarette sur le bitume au pied de l'immeuble. Un appel radio l'a remis en selle. Roulottiers en action place Nationale. Du coup, il a patrouillé jusqu'à 3 heures avec la B.S.N. Sans rien trouver.

Quatre cafés fumants glissent sous leur nez. La conversation s'est poursuivie sans Mallet. Madelin l'a remarqué.

— T'as l'air de planer, ce matin.

— Un peu. Ça ira mieux après le jus.

Pourtant, quand l'inspecteur remonte à la Sûreté, ses jambes flageolent sous le faix des heures sans sommeil.

Il s'installe à son bureau, réfléchit. Attendre. Attendre encore. Ce matin, l'élargissement de Lormier s'étale à la une des journaux. La presse se perd en conjectures. Si le quotidien régional et le bi-hebdo local restent dans l'expectative, d'autres organes sont beaucoup plus polémiques. La police et la justice sont sur la sellette. Certains articles tournent au pamphlet. Ça va remuer dans les brancards.

Mallet a convoqué cinq personnes. Pour cinq dossiers miteux. Une notice de renseignements, un non-paiement de pension alimentaire, un différend entre voisins, des voies de fait dans une cour de récréation, une histoire civile de créance. Cinq dossiers de P.U.[1]. Une personne tous les quarts d'heure. Seules, deux d'entre elles ont déféré. Classique. Le pourcentage est respecté.

A 10 h 45, branle-bas de combat. Manif' de dockers. Une délégation a demandé audience à la sous-préfecture. Il faut deux policiers en civil à proximité. Fortement pressentis pour cette mission, Hermel et Mallet sont partis bras dessus, bras dessous ou presque. Le talkie-walkie sous le blouson, ils font le pied de grue à vingt mètres du bâtiment administratif. De leur voiture, deux gars des R.G.[2] annoncent un attroupement de vingt-cinq personnes. Eux, n'en ont compté que dix-huit. Dans une rue adjacente, une 4L de gendarmerie à l'affût cherche à se confondre avec les véhicules en stationnement. Le manège dure une bonne heure puis c'est la dislocation. Au retour, le chef de poste tend une enveloppe à Mallet.

1. Police urbaine.
2. Renseignements généraux.

— Un bonhomme qui me l'a laissée. Il était avec un petit gosse. Il a attendu mais il est reparti.

Le sang de l'inspecteur n'a fait qu'un tour. Non. Il ne s'agit pas de collages, cette fois, mais d'une écriture tremblée à l'encre bleue. « INSPECTEUR MALET ». Mallet avec un seul « L ». A l'intérieur, un mot.

« J'ai remboursé le commerçant comme convenu.

Il a promis de retirer sa plainte.

Julien Coussinel. »

Le message est accompagné d'un reçu avec le cachet du magasin. Absorbé, le policier suit la rampe tubulaire qui monte à la Sûreté. Deux de ses collègues dégringolent l'escalier.

— Alors ? La guerre est finie ?

Il ne répond pas, repousse la porte, s'assoit, méditatif. L'enveloppe posée sur son sous-main est une signature. Une de plus.

« Si Véro n'avait pu en réchapper, vous auriez reçu le deuxième bouton de son chemisier... » Les paroles prononcées par Coussinel l'autre soir, au Quibus, n'ont pas quitté Mallet. Le deuxième bouton... Comment deviner que chaque fois... L'information n'a jamais été divulguée. Ni à la presse ni à personne. Le hasard ?

Mallet allume une cigarette, tourne en rond. Hasard... se répète-t-il en écho. Et les maïs ? Le hasard ? Et *La Passion du camion* ? Le hasard ? Et le fils réparateur de vélos ?... Le fils... Mallet se rend compte qu'il dérive. Il a pris au bond l'autre éventualité. Une éphémère planche de salut. Yvon Coussinel ne fume pas de maïs, lui. Et puis c'est son père qui a parlé de deuxième bouton.

12 h 20. Couloir vide. La P.J. a repris ses quar-

tiers dans le bureau du fond. L'attaché-case de Grimbert est sur la chaise et la machine à écrire portative de Lefebvre dans sa mallette le long du mur. Personne. Mallet tourne les talons. Son téléphone sonne. Pascal Sartini l'attend à côté, au 4-22, chez Maurice. Il propose l'apéro « vite fait ».

Main dans la main, Coussinel et Aurélien reviennent du Don Quichotte. Julien a le sentiment du devoir accompli. Il a dédommagé le patron de la brasserie. La gorge nouée, il a dû raconter une histoire que l'autre a feint de croire. Le tenancier lui a rendu son chèque. Il lui a même offert un verre. Peut-être par pitié.

En rentrant, il fouille la boîte aux lettres. Un avis de l'E.D.F. s'est glissé au milieu des prospectus. Dernière mise en demeure avant coupure. Il ne comprend pas. Il a réglé. En liquide. Il s'en souvient. C'est Véro qui... Un pincement au cœur. Véro n'a jamais ramené de quittance. La feuille tremble dans sa main. Aurélien tire sur sa veste.

— Tu viens, Coulinet ?

— J'arrive.

Patrice Noget passe la tête dans le couloir. Un salut furtif, un salut qui s'attendait à quelqu'un d'autre. Coussinel n'a pas eu le temps de réagir. Le diable est rentré dans sa boîte.

Véro détend ses membres. C'est Luigi qui a battu la diane en faisant crépiter la douche.

— Quelle heure est-il ? demande-t-elle, la voix comprimée par un bâillement.

— Ma montre est sur le chevet. Il ne doit pas être loin de midi. T'as pas faim, toi ?

— J'sais pas.

Véro sourit. A se dépenser comme il l'a fait, normal qu'il ait la fringale. Drôle d'affaire, ce Luigi. Il lui plaît de plus en plus. Elle a même l'impression qu'ils se ressemblent tous les deux. Il sort de la douche, s'approche du lit en se frottant le dos, lui offrant au ras du nez un ballottement impudique. Elle admire son corps bien découplé, renverse la tête, fixe son regard au plafond.

— T'en as pas marre, toi ? dit-elle subitement.

— Marre de quoi ?

— De la vie que tu mènes.

— Ça dépend des moments, pourquoi ?

— Parce que moi, j'en ai assez. J'ai décidé de m'en sortir. Dans peu de temps, je vais toucher un bon pactole. J'ai tout fait pour ça. Fini, Véro la Pute. D'ailleurs, j'oublie déjà. La preuve, je ne t'ai pas demandé de fric.

— Un héritage ?

— Si on veut.

Luigi a enfilé son pantalon. Il boutonne sa chemise en observant Véro qui poursuit son rêve les yeux grands ouverts.

— J'aurai de quoi acheter des fringues, une bagnole, un appart'.

— Arrête de déconner ! T'as faim ou t'as pas faim ?

— J'ai faim.

— Alors prépare-toi. On va bouffer.

Véro s'extirpe du lit, se trémousse jusqu'au cabinet de toilette. Sûre de son anatomie, elle laisse au mâle le temps d'apprécier ses formes. La douche crépite de nouveau. Luigi allume une cigarette. Lorsqu'il l'écrase, Véro boucle le sac à main qu'elle porte pour tout bagage. Son accompagnateur trimballe dignement un attaché-case à grébiche dorée. Avec l'allure réservée d'un couple légitime, ils descendent à la réception de l'hôtel. Soudain, Luigi s'affaisse, la main sur le cœur. Véro le soutient. Luigi ne trouve plus sa respiration. Il suffoque. Le réceptionniste accourt.

— Voulez-vous que j'appelle un médecin ?

— Non, inutile, halète Luigi. C'est une crise d'asthme. Il faut que je prenne l'air.

Avec l'aide de Véro, il se dirige vers la porte. Le cerbère empoté veut se rendre utile. Il tourne autour d'eux, fait quelques pas sur le trottoir en maintenant Luigi de son côté.

— Ça va aller ? s'inquiète-t-il.

Le souffreteux s'est appuyé au mur, à l'angle de la rue. Il semble au plus mal.

— Non. Appelez le S.A.M.U., ânonne-t-il, vite !

Le réceptionniste cavale, disparaît dans l'hôtel. Luigi se redresse, entraîne Véro d'un bon pas dans le lacis des rues adjacentes.

— Je me sens beaucoup mieux, claironne-t-il.

Véro se marre.

— Si je te disais que j'y ai cru, à ton cinéma. J'ai même failli avoir les jetons !

— Rassure-toi, si je tombais maintenant, ça serait d'inanition. Alors dépêchons-nous, je t'offre le resto !

— Dans les mêmes conditions que l'hôtel ?

— Tu t'inquiètes ?

— Non, mais je préfère savoir pour avoir l'air moins nouille ! Y a pas de raison que je ne m'amuse pas aussi !

Luigi a réglé. Elle ne saura jamais comment. Il

a proposé une virée le long de la côte. Véro a des couleurs. Ils ont bien vécu. La route suit l'humeur de la falaise. Elle monte et descend, sinueuse. Des montagnes russes. Bien enfoncé dans son siège, les bras tendus, Luigi joue à faire crisser les pneus de sa bagnole de location. Il mâchouille un havane. Il en a acheté une boîte après le repas. Véro l'étudie en coulisse. Un peu mégalo sur les bords, le Fangio. Au retour, il se range brusquement sur le côté, descend, contourne la voiture. Contrariant la pensée de Véro, il n'écarte pas les jambes au-dessus du fossé. Non, il ouvre sa portière, la chasse de sa place.

— Allez ! Conduis !

— T'es fou ! Je n'ai pas de permis !

— Et alors !

Véro prend le volant. Ça l'amuse, finalement. Et puis elle n'a pas attendu Luigi pour apprendre. D'ailleurs, elle va lui en mettre plein la vue. Elle réussit si bien que Luigi demande grâce. Il s'agrippe au tableau de bord, freine à sa place dans le vide. Elle le nargue encore un peu. Elle rit aux larmes. Rien qu'à voir sa tête. Devant elle, une vieille sur son vélo. Un coup de klaxon. La bonne femme sursaute, fait une embardée vers le talus. Véro en pleure. Une ligne droite. Elle pousse les régimes. Elle tape sur le volant, hystérique. Une courbe. Un chat qui surgit. Un choc sous le châssis. Un coup d'œil dans le rétroviseur. L'animal gît sur la route. Véro rit de plus belle.

— Un greffier de moins !

Elle trouve que cela a assez duré.

— Récupère ta charrette, dit-elle à Luigi, et ramène-moi en ville.

Luigi a rallumé un cigare, façon de montrer

qu'il a repris les choses en main. Véro a baissé sa vitre.

— Tu pourras m'emmener ? demande-t-elle.

— Où ça ?

— A Loos. A la centrale. J'ai quelqu'un à voir.

Luigi ne sourcille même pas.

— Quand ?

— Demain.

Véro a sauté de la voiture à l'entrée de la voie piétonne. Elle passe devant le magasin de vêtements où elle a eu sa jupe et son T-shirt. Le vieux beau est derrière sa caisse. Une femme sensiblement du même âge fait l'article à des clientes. Véro pousse la porte. Le mercanti a blanchi.

— Alors, mon gros lapin ? Tu pleurniches pour tes frusques ? Dommage, t'avais l'air moins coincé en m'aidant à les enfiler. Pour me tripoter comme ça, tu devais plutôt apprécier mes formes, non ?

— Albert !

La virago d'arrière-saison a fait claquer le prénom de son mari comme un coup de fouet. Les deux clientes se sont éclipsées dans le fond du magasin.

— Remarque, poursuit Véro, à voir ta bourgeoise, je comprends tes écarts.

La rombière s'étrangle.

— L'insolente !

Elle secoue son Albert statufié.

— Et toi qui ne dis rien !

Véro sourit au grison, diabolique.

— T'es dans le commerce, renchérit-elle, mais moi aussi. Rien que pour tes attouchements salaces tu aurais dû casquer. Au moins le prix du T-shirt.

Elle ébauche son repli, conseille à la femme du cinquantenaire :

— Si votre frustré a besoin de mes services, payez-les-lui pour vos noces d'or. Ça lui évitera de bander devant les soutiens-gorge en vitrine !

CHAPITRE 17

Un nouveau jour. 16 h 30. Julien Coussinel rapplique dans la salle. Ses mains en conque épousent le bol de chocolat qu'il vient de préparer pour Aurélien. La télé grésille un peu, mais ça marche. Il va enfin s'asseoir lorsqu'on frappe. Sur le qui-vive, Julien s'approche de la porte, écoute. On toque de nouveau.

— Qui est-ce ? s'inquiète-t-il.

— L'E.D.F. ! répond une voix d'homme.

Il ne manquait plus que ça. Julien demande de patienter un instant. Il gagne l'arrière-cuisine, grimpe au grenier, enfile ses vieux gants, se penche à la fenêtre, retire les deux tiges de fer recourbées qui reposent en grappins sur les fils électriques de la rue. Ce matin, au lever, il a constaté l'arrêt du frigidaire. Après avoir sollicité deux ou trois interrupteurs, il a dû se rendre à l'évidence. Plus de courant. Il a pensé à une panne de secteur puis, très vite, à l'avis qu'il avait trouvé la veille dans la boîte commune. L'E.D.F. n'a pas mégoté. Julien avait eu l'intention de s'y rendre aussitôt. Malheureusement, Aurélien s'était senti patraque et Coussinel n'avait pas voulu le laisser seul. Ce matin, le bambin se plaignait encore. Il a demandé la télé. Alors Julien est monté au grenier. Les lignes électriques passant à hauteur de la fenêtre, il a calculé son coup. Deux grands fils de fer recourbés à une extrémité. A l'autre un domino et vingt-cinq mètres de câble pour alimenter l'appartement.

Julien s'empresse de tout camoufler. Il redescend, ouvre. Deux types se présentent. Ils ont été appelés par un riverain qui a aperçu l'installation de fortune. Un incendie est si vite arrivé... Coussinel tremble comme une feuille. Il feint de ne pas comprendre puis finit par reconnaître. On lui parle de vol de courant, de poursuites, de tribunal. Il va payer, il le promet. La porte se referme. Julien regarde Aurélien, écarte les bras et les laisse retomber.

— Plus de télé, Coulinet.

— Tans pis, on va jouer à la bataille.

Julien n'est guère aux cartes. Yvon est rentré et ressorti. Quand il a su que le courant était coupé, il a égrené un chapelet de jurons. Peu à peu, le jour a baissé dans l'appartement. Julien prépare des bougies. Véro apparaît à son tour. Elle a l'impression d'entrer dans un sanctuaire.

— Ça va pas la tête ! lance-t-elle, interloquée.

— Ça irait mieux si on nous avait pas coupé le jus ! rétorque Coussinel.

— A cause ?

— Devine !

Le ton mi-figue, mi-raisin surprend Véro.

— Comment veux-tu que je sache ?

Coussinel explose, vide son sac. Véro le prend de haut.

— T'avais qu'à y aller toi-même payer ton électricité ! Tes histoires d'intendance, moi !...

— Et l'argent ?

— Je l'ai bouffé ou peut-être bu. Plutôt bu.

Elle regarde Coussinel, narquoise.

— Tu me fais penser à cet abruti de marchand de fringues que j'ai resservi hier. A vos âges, vous vous posez là pour peloter ! Mais pour perdre trois ronds !...

Julien se contient. La sueur perle à son front.

— De toute manière, renchérit Véro, je me casse d'ici. Et pour de bon ! Je remballe mes frusques dès maintenant. Je prendrai le reste demain en venant chercher Aurélien. Si tu veux bien me le garder encore cette nuit.

Coussinel la regarde, abasourdi.

— Tu recommences ?

Véro grimace en haussant les épaules, passe dans la chambre, refait les gestes de son premier départ.

— Oui mais cette fois, tu ne me reverras pas.

— Et Aurélien ?

— Je te l'ai dit, je l'emmène.

— Tu ne peux pas !

— Pardon ?

— Il s'était bien habitué, ici.

— Lui, peut-être, mais pas moi ! Et puis il s'habituera ailleurs.

— Tu comptes aller où, comme ça ?

— Ne t'inquiète surtout pas pour nous. Demain, nous aurons changé de vie, et loin d'ici.

Véro s'abstrait un moment. Elle songe à la mallette qu'elle a déposée dans une consigne de la gare. Elle se revoit y empiler les liasses de Montesquieu. Elle repasse tout dans son esprit. Tout depuis leur départ, ce matin.

A l'issue d'une nouvelle nuit d'hôtel, Luigi a fait

monter les petits déjeuners dans la chambre. Il a un peu la gueule de bois. La veille au soir, Véro l'a retrouvé au Cupidon. Ils ont picolé avec des mecs qu'il ne connaissait pas. Il traînasse encore un moment. Véro est prête. Elle le bouscule.

— Accélère le mouvement, tu veux ?

Une douche, un rasage rapide, Luigi referme son attaché-case, dégringole les escaliers, sort une carte bancaire à la réception.

Abbeville, Doullens, Arras, la voiture avale les kilomètres d'une route soporifique. Un petit resto que Luigi règle encore en grand seigneur. Trop généreusement pour qu'il n'y ait pas anguille sous roche. Et puis l'A 1, les rails du Nord, l'approche de Lille.

L'ancienne abbaye est là, de l'autre côté de l'autoroute. Les frères convers qu'elle abrite aujourd'hui sont de drôles de paroissiens. Et pour cause ! La maison conventuelle est devenue le centre de détention de Loos.

Véro a demandé à Luigi de l'attendre. Avant, il n'y avait pas de parloirs en dehors des samedis et des dimanches après-midi. Mais, depuis quelque temps, le directeur accorde un jeudi par mois de visites supplémentaires.

Dans l'une des quatre salles vitrées, elle se retrouve, à une table, en tête à tête avec Bertrand Vallès. Les va-et-vient du gardien derrière le carreau ne gênent pas leur conversation. Au bout de vingt-cinq minutes, Véro ressort en se frottant les mains dans son for intérieur.

— En route ! Direction Lille !

Elle sait où elle doit aller. Luigi a senti l'importance du voyage. Il se laisse guider sans poser de question. Une casse de voitures. Véro a dit :

« stop ! Entre là ! » Elle claque la portière, se dirige vers une tourelle, y pénètre. Après quelques minutes, elle revient, saisit l'attaché-case de Luigi sur la banquette arrière.

— Qu'est-ce que tu as là-dedans ?

— Mes affaires de toilette.

Véro ne lui laisse pas le temps de protester. Elle vide la mallette et l'emporte. Cette fois, elle reste plus longtemps dans le bâtiment surélevé. Le coude à la portière, Luigi attend en tirant sur l'un de ses derniers cigares. Véro rapplique enfin avec l'attaché-case.

— C'est bon, tu peux rouler !

Un demi-tour entre les carcasses, le cimetière de bagnoles disparaît dans la lunette arrière. Véro sort de son chemisier une liasse de Montesquieu qu'elle jette sur les genoux de Luigi.

— Tiens ! Tu te rachèteras du dentifrice !

Sans quitter la route du regard, il palpe les billets, émet un sifflement.

— Ton héritage ? demande-t-il.

— Oui. Le reste est dans la mallette.

Véro ferme les yeux... Quarante paquets de 100, quatre mille billets en tout : 80 briques. Non, elle ne rêve plus.

Coussinel a apporté une lampe à pétrole dans la chambre.

— Je me demande quelle mouche t'a piquée !

Il la regarde empiler ses affaires dans un sac. Il reconnaît ici un foulard, là un collier qu'il lui a offerts. Il tente de l'arrêter. Elle le repousse.

— Sors tes pattes de là !

Julien se retire dans la salle.

— Tu joues plus ? lui demande Aurélien devant ses cartes.

— Si, j'arrive.

La partie reprend, mécanique. A côté, Véro attrape encore ses sous-vêtements dans l'armoire. Sur l'étagère du dessus, le vieux linge de Coussinel. Celui dont se servait feu sa Marcelline. Des nappes, des serviettes, des draps. Le tout dégage une odeur de naphtaline. Dissimulée derrière les taies d'oreiller, une pochette en toile. Véro l'a découverte un jour en fouillant. Elle sait ce qu'elle contient. Les bijoux de la défunte. Pendants d'oreilles, colliers, pendentifs, chaînes, médaillons, bracelets, bagues. Il y a des perles, du diamant, du saphir, de l'or et de l'argent. Les Coussinel ne donnaient pas dans le toc. Il y a même des Louis, une ou deux gourmettes, deux ou trois montres, un camée, des médailles pieuses, un Christ en or, quelques vieilleries évocatrices de fêtes religieuses passées. Véro jette un regard derrière elle, tâtonne dans le linge, retrouve la pochette, l'enfouit au fond de son sac. « Après tout, se dit-elle, je serais bien bête. »

Julien a entendu le zip de la fermeture Éclair. Il se lève, accompagne Véro qui tient son bagage en bandoulière.

— Réfléchis encore, implore-t-il sans une once d'espoir.

— Demain, je viens rechercher Aurélien. C'est définitif. Je te l'ai dit. Maintenant que j'ai tout ce qu'il faut, j'ai plus besoin de nourrice.

Elle s'enfonce dans l'escalier. La porte se referme sur elle. Elle ne redoute qu'une chose, c'est que Noget soit une fois de plus en embuscade. S'il la voit avec son sac de voyage, il va comprendre. Il est capable de tout. Voilà pourquoi elle a décidé d'emporter ses affaires en deux fois. Demain, elle n'aura plus que le baluchon d'Aurélien à prendre. Si le boulanger l'épie, il pensera à du linge sale et ne se méfiera pas.

Véro presse le pas avec deux idées en tête. Déposer son sac au Hampton Court où elle a retenu une chambre et retourner à la consigne récupérer la mallette. Elle veut son argent avec elle. Tout près d'elle. Demain, Luigi sera de retour. Il lui a promis. En revenant de Loos, tout à l'heure, il lui a dit qu'il devait faire un saut à Paris. Une affaire à régler, lui aussi. Après, ils vont partir ensemble. D'abord pour prospecter. Véro a parlé d'acheter un petit commerce. Sans doute un bar. Luigi est l'homme idoine pour la seconder. Elle le sent. Et puis il lui plaît. Pour plusieurs raisons. D'abord il ne pose pas de questions. Ensuite il est comme elle, du même bord. Enfin, il est drôle, jeune et rompu aux jeux de l'amour, le vrai, celui qu'on ne paie pas. Avec lui, elle restera indépendante, malgré tout.

Au coin de la rue, elle reconnaît Yvon Coussinel qui approche en roulant les épaules. Véro prend la direction opposée. A trente mètres de là, elle se retourne. Dans une encoignure, le fils de Julien la regarde s'éloigner. Encore un qu'elle ne regrettera pas. Son sac commence à peser. Heureusement, l'hôtel n'est pas loin. Sur le boulevard, l'enseigne très *british* se précise dans son halo jaune citron. Véro remonte la bandoulière qui lui tire l'épaule. Une voiture pile à sa hauteur. Un break Nevada. Noget. Elle ne peut se défiler.

— Monte ! ordonne le boulanger.

Véro obtempère. L'autre redémarre. Il cherche une place de stationnement. En trouve une en épi, face à la pelouse du front de mer.

— Je t'ai vue sortir. J'ai sauté au volant pour te retrouver.

Il regarde le sac imposant que la brune tient gauchement sur ses genoux.

— Tu pars ?

— Je retourne à l'hôtel.

— Seule ?

— Tu vois bien !

— Nous sommes jeudi aujourd'hui.

— Et alors ?

— Alors, je croyais que nous avions rendez-vous après le repas avec mes copains de chasse !

Véro ne répond pas.

— Tu serais venue ? insiste Patrick Noget.

— Évidemment.

— Puisque tu vas à l'hôtel, autant que je te rejoigne dans ta chambre, non ?

Véro exècre cette façon de lui mettre le couteau sur la gorge. Son sang commence à bouillonner. Elle pèse ses mots :

— Écoute ! Je n'ai pas envie qu'on se retrouve. Ni ce soir ni jamais.

Le boulanger la foudroie du regard.

— Qu'est-ce que ça veut dire ? demande-t-il, les dents serrées.

— Ça veut dire que c'est fini, tout simplement. J'ai déjà essayé de te le faire comprendre.

— Et tu crois que je vais te lâcher comme ça, sans réagir ? Tu te trompes, ma cocotte !

Véro écume. Elle ouvre la portière brusquement.

— Fiche-moi la paix, maintenant ! Tu ne peux rien contre moi ! Par contre...

— Sale garce !

La brute a craqué le blouson de Véro au

moment où elle est descendue de voiture. Empêtrée dans son gros sac, elle n'a pas eu le temps de fuir. Noget a jailli de son côté, l'a rattrapée. Il la tire par ses vêtements, la gifle à toute volée. Elle tombe, reste au sol, se ramasse en boule pour se protéger des coups de pied. La zone n'est guère éclairée et les voitures qui longent le boulevard poursuivent leur chemin. Pourtant, un taxi ralentit. Noget arrête de frapper. Il rejoint son break, mine de rien. Véro en profite. Elle tente de se relever, récupère son sac, crapahute à travers la pelouse, se redresse. Elle regarde en arrière. Elle ne voit plus la voiture de Noget. Elle scrute les environs. Rien. Elle remet de l'ordre dans sa tenue, entre au Hampton Court, demande sa clé.

Elle allume la salle de bain, s'examine dans la glace. Sa lèvre saigne, sa joue bleuit. Elle frémit de rage. Il va le lui payer, ce gros porc ! Et cher ! Elle se colle sous la douche. Son corps lui fait mal. Ses côtes, surtout. Une jupe de jean, un T-shirt à même la peau, elle réfléchit derrière la fenêtre qui donne précisément sur l'immense pelouse et au-delà sur la plage. Une voiture passe lentement devant l'hôtel. Dans la lueur diffuse des enseignes et de l'éclairage public, elle reconnaît le break de Noget. La cigarette qu'elle vient d'allumer tremble entre ses doigts. Il ne perd rien pour attendre, le butor. Elle appelle la réception, demande du papier et une enveloppe. Un rictus de haine déforme ses lèvres meurtries.

Julien se tait. Il n'a pas eu le temps de terminer l'histoire qu'il improvisait. Aurélien a fermé ses paupières. Sa respiration s'est amplifiée, régulière. Julien reste près de lui. Il veut profiter encore du petit visage séraphique. Il se lève enfin. Dans la salle, les bougies craintives projettent des ombres incohérentes. Il allume une maïs, décapsule une bière, pose son regard sur Marcelline qui sourit dans son cadre poussiéreux. Si elle le voyait, la pauvre. Sur la photo, elle porte le camée qu'il lui avait offert pour leur premier anniversaire de mariage. Toutes ses petites économies. Elle en avait pleuré d'émotion. Souvenirs... Souvenirs troubles, perturbés par la déchirure du présent. Devant les yeux fixes du sexagénaire, le sourire d'Aurélien se substitue au visage flou de Marcelline. Elle l'aurait sûrement aimé, elle, ce petit bonhomme. Combien de fois a-t-il imaginé un bonheur à trois ? Pauvre de lui ! Marcelline n'est plus et demain...

Coussinel entrouvre la porte de la chambre. Aurélien dort à poings fermés. Dans la pénombre, la frimousse innocente se détache sur l'oreiller. Le regard de Julien ne peut s'en détourner. La dernière nuit... Il se secoue pourtant, s'apprête à refermer. Un petit éclat le retient. Quelque chose brille sur le vieux tapis, au pied de l'armoire. Il s'avance sans bruit, ramasse l'objet, l'examine dans le creux de sa main, cherche à comprendre. Il reconnaît la petite médaille cordiforme de Marcelline. Elle était rangée, là, dans un sac de toile avec les autres bijoux. Comment a-t-elle pu tomber ? Instinctivement, il ouvre le meuble, fouille à tâtons, palpe le linge, passe sa main dessous, au milieu, derrière, au fond, parcourt à nouveau les étagères. Rien. Il se fige. Son front ruisselle. La haine, sans doute. Il ne veut pas y croire. Si Aurélien n'était pas là, il hurlerait, donnerait des coups partout. Il se rue vers la chambre d'Yvon, se penche sous le lit où s'immisce la lumière de l'éclairage public, revient dans la salle, attrape sa veste, sort précipitamment.

Véro a scellé l'enveloppe autocollante qu'elle a glissée dans son sac. Un cardigan sur les épaules, elle a éparpillé les bijoux de Marcelline, enfilé le bracelet en or qu'elle avait déjà eu l'occasion de reluquer, cherché le bouton de l'ascenseur. Un regard à droite, un autre à gauche, elle s'engouffre dans le taxi qu'elle a demandé à la réception. La Volvo diesel serpente à travers la ville, trépide enfin sur les vieux pavés de la gare. 23 h 30. Le train de marée amorce sa manœuvre, sur le côté, là-bas.

— Attendez-moi ! ordonne Véro.

Il ne lui faut que quelques minutes pour atteindre la consigne automatique, en retirer l'attaché-case et revenir.

— Vous pouvez me reconduire au Hampton Court, fait-elle, satisfaite.

Le taxi repart. Véro ouvre son sac, en sort l'enveloppe, la laisse tomber à ses pieds. La voiture s'engage sur le front de mer, ralentit devant l'hôtel.

— Ne vous arrêtez pas ! sursaute Véro.

Elle vient de repérer le break de Noget dans les emplacements en épi séparant le boulevard comme une arête dorsale.

— J'ai changé d'avis. Déposez-moi au Don Quichotte.

Six ou sept clients au bar, une dizaine d'autres dans la salle, la brasserie n'a rien d'une fourmilière. Contrairement à ses habitudes, Véro s'installe à l'une des tables du fond. Le patron de l'établissement l'y rejoint pour échanger quelques futilités.

— Tiens, j'ai vu Julien, annonce-t-il subitement.

— Oui, l'autre jour pour le chèque, coupe Véro, agacée.

— Je ne parle pas de l'autre jour mais de ce soir.

— De ce soir ?

— Oui. Il est passé. Il te cherchait.

Véro a posé sa mallette à côté d'elle, sur la banquette.

— On dirait une représentante, charrie le restaurateur.

— Je me demande ce que je pourrais montrer comme échantillon ! réplique la brune.

Elle se marre. S'il savait ! Ses billets, elle va les planquer sous son lit, à l'hôtel, après en avoir empoché quelques-uns pour faire la fête chez Pascal Sartini, naturellement. Ça sera peut-être la dernière fois...

— Une petite coupe ?

— Oui, mais avec deux ou trois bricoles pour me caler l'estomac.

Le patron du Don Quichotte la considère étrangement, l'examine de plus près, pose un doigt sur sa joue bleuie.

— Dis-donc, on t'a drôlement arrangée, toi !

Véro hausse une épaule.

— Coussinel ? insiste l'autre.

— N'importe quoi !

— En tout cas, il n'avait pas l'air content quand il est venu.

— Il peut aller se faire foutre !

Véro a grignoté un croque et une tarte aux pommes. Elle a bu trois ou quatre coupes de champagne, en a offert une au tenancier de l'établissement qui est venu trinquer avec elle. La salle s'est vidée peu à peu. Il ne reste plus qu'un client au bar et un couple qui s'apprête à partir. 0h40. Véro se lève. Elle hésite. Appeler un taxi ou rentrer à pied ? Le Hampton Court est à quatre cents mètres à vol d'oiseau. Ce n'est pas Coussinel qu'elle craint mais Noget, le boulanger. Le dingue rôde peut-être encore dans les parages. Lorsqu'elle a pu lui échapper tout à l'heure, il a dû deviner qu'elle s'était réfugiée dans un hôtel du front de mer.

Elle règle ce qu'elle doit, salut l'assistance. Sa décision est prise. Elle rejoint le Hampton Court à pied. Si l'autre brute l'attend dans le secteur, elle se fera moins repérer en réintégrant l'établissement de cette manière.

Elle rajuste son cardigan qu'elle a enfilé avant de quitter sa chambre, s'éloigne du Don Quichotte. Au coin de la rue, elle sursaute. Une silhouette a jailli devant elle.

— Je savais que tu viendrais là ! Je t'attendais !

Coussinel a la bouche tordue, le regard haineux.

Véro esquisse un pas de côté.

— Qu'est-ce que tu me veux, encore ?

— Tu oses le demander ? Je veux récupérer les bijoux de Marcelline.

La brune éclate de rire. De ce rire sarcastique qui agace tant Julien.

— Tu vas pas chialer pour ta joncaille ?

Julien en a la nausée.

— Tu sais ce que... cette joncaille, comme tu dis, représente pour moi !

Un silence, Véro tente de forcer le passage. Coussinel la retient.

— Tu ne partiras pas sans m'avoir tout rendu !

— T'imagines que je trimballe tes rossignols dans mon sac ? Elle prend un air indigné et ajoute : Pendant ce temps, tu laisses Aurélien tout seul !

— Il n'est pas seul. Yvon est rentré. Alors ?

— Alors quoi ?

— J'attends ce que je t'ai demandé !

— Je t'ai déjà dit que je n'avais rien sur moi !

D'un geste brusque, Coussinel lui attrape le poignet.

— Et ça ?

Il lui fait mal. Il la tiraille. Elle qui souffre déjà des coups de Noget. Elle se débat sans lâcher l'attaché-case qui bringuebale dans ses jambes.

— D'accord ! capitule-t-elle, je te le rends ce putain de bracelet !

Julien a libéré le bras de Véro. Elle change sa mallette de main. Un tour de passe-passe, le bijou est suspendu au bout de ses doigts, comme un pendule.

— Tu le veux ? lance-t-elle par défi.

Juste en dessous : une bouche d'égout. Véro plante son regard dans celui de Coussinel. Un bruit mat. Le serpent doré a disparu dans les profondeurs du cloaque. Le sexagénaire est resté statufié.

— Tu vois, pavoise la brune, moi, faut pas me chercher ! Dommage pour toi, parce que je n'avais gardé que ça !

Julien croit suffoquer.

— Que ça ? Et tout ce qu'il y avait avec ?

— Je l'ai balancé au bassin.

— T'es complètement cinglée !

Il marche, la main sur le front.

— Pourquoi ? Mais pourquoi ?

— Bah ! Il n'y avait que le bracelet d'intéressant. Et puis, ça t'empêchera peut-être de vivre avec tes souvenirs ! Maintenant laisse-moi ! J'ai mieux à faire que d'écouter tes jérémiades !

Elle commence de s'éloigner, se retourne :

— Je passerai prendre Aurélien en fin de matinée, n'oublie pas !

Coussinel la considère avec dédain.

— D'ici demain, les choses auront peut-être changé, murmure-t-il entre les dents.

La rue des Bains est sombre, étroite, médiévale. Véro double le pas vers la place Camille-Saint-Saens. De là, elle débouchera sur le boulevard par les Tourelles, ce qui lui permettra d'inspecter, sans être vue, les abords du Hampton Court. Loin devant, trois types enivrés chahutent sur le trottoir. Véro s'arrête. Elle ne tient pas à avoir des problèmes. Pas avec quatre-vingts soleils dans sa mallette. Elle attend un peu. Deux ou trois minutes. Le trio s'éloigne en direction du casino. Véro avance avec prudence, la main crispée sur la poignée de l'attaché-case. Elle traverse la place, se faufile entre les voitures abandonnées sur le parking central, laisse le théâtre désaffecté sur sa gauche. L'endroit est lugubre, désert. Pas un bruit ou plutôt ceux du silence. Comme ces battements d'ailes sur les corniches. Les goélands.

« Saloperies de bestioles ! » songe Véro.

Elle leur attribue ce léger crissement dans son dos. Pourtant, au moment où elle change l'attaché-case de main, elle sent une présence derrière elle. Elle n'a pas le temps de se retourner. Un fil glacé lui meurtrit la gorge, l'enserre, l'étrangle, l'oblige à se cambrer. Elle cède au tiraillement, se laisse entraîner sur la pelouse de l'ancien théâtre. Elle manque d'air. Elle veut crier, se débattre mais le moindre mouvement exaspère sa souffrance. Elle refuse d'y croire. Non, pas elle ! Pas ça ! Le fric ! Si elle pouvait marchander.

La douleur est atroce, insupportable. La mallette lui échappe. Le fil d'acier serre encore, avec des à-coups, s'acharne. Elle râle. Elle suffoque. Tout se brouille. Ses jambes se dérobent. Son corps s'alourdit. Elle sombre inexorablement dans l'inconscience.

CHAPITRE 18

Il est 11 heures lorsque Mallet réintègre la Sûreté. Dès son arrivée, à l'aube, il a dû prêter main forte à l'équipe de permanence. La brigade de nuit n'a pas chômé. Tout comme la B.A.C., d'ailleurs, qui n'est pas la brigade anticommando mais la brigade anticriminalité. Nouvelle appellation de l'ex.-B.S.N. Note ministérielle. Les missions et les hommes sont les mêmes. Seul le nom a changé. C'était capital.

Le duo de service a donc été comblé. Un flag[1] de casse, des C.B.V.[2] avec arme blanche entre clodos, une fiche de recherches. Cinq gus au trou pour attaquer la journée. Et puis, à 9 h 30 : le coup de grâce. Un cadavre au pied de la falaise. Un suicide. Mallet et Hermel sont allés en perquise[3] chez l'un des casseurs fortement soupçonné d'avoir joué de la plume[4] ailleurs. Le « beau mec » s'est frisé les moustaches en assistant à la

1. Flagrant délit.
2. Coups et blessures volontaires.
3. Perquisition.
4. Pied-de-biche.

fouille en règle. Il savait déjà que les keufs[1] feraient chou blanc.

Dans son bureau, Guillaume Madelin discute avec les gars de la P.J. La filature de Véro est remise au goût du jour. Mallet écoute. L'opération ne servira à rien. Il le sait. De toute façon, la surveillance était tombée à l'eau depuis l'arrestation de Lormier. Il regarde Madelin avec un petit sourire en coin. Un sourire qui extériorise ce qu'il ne veut pas encore dévoiler et qui tourne en dérision les plans qu'on élabore.

— Tu n'es pas d'accord ? lui demande le divisionnaire.

— Je doute de l'efficacité de la filoche. La preuve ! Nous l'avons abandonnée et il ne s'est rien passé. A mon avis, Véro n'est plus en danger.

— Elle a pourtant été agressée, je te le rappelle.

— On ne peut rien laisser au hasard, renchérit Grimbert.

Ils ont raison. Et lui a tort. *La Passion du Camion*, les gitanes maïs, le deuxième bouton du vêtement de chaque victime, Mallet avec un seul « l », il ne devrait plus garder ça pour lui. Il le sait. Il le sait mais quelque chose le retient encore. Comme s'il voulait préserver son secret. Ou gagner du temps.

Devant le bureau de Madelin, un sous-brigadier lui fait des signes. Il exhibe une enveloppe blanche qu'il agite comme un hochet.

— Pour toi ! dit-il à Mallet. C'est un chauffeur de taxi qui l'a trouvée dans sa bagnole. Il vient de nous l'apporter.

« INSPECTEUR MALET — COMMISSARIAT DE POLICE... »

1. Policiers.

Mallet avec un seul « l ». Le tout écrit en script. L'inspecteur s'empresse d'ouvrir. Un message lapidaire sur une page de papier à lettres pliée. La même écriture. Le policier en reste comme deux ronds de flanc.

« L'ASSASSIN EST PHILIPPE NOGET, LE BOULANGER. VOUS TROUVEREZ UNE PREUVE EN FOUILLANT SOUS LE TAPIS DU COFFRE DE SA VOITURE — QUELQU'UN QUI VEUT QUE JUSTICE SOIT FAITE. »

Mallet tend le pli à Madelin qui le lit, et le passe à Grimbert. Lefebvre regarde par-dessus son épaule.

— Qu'est-ce que c'est encore que cette connerie ! s'exclame-t-il.

Mallet se tourne vers le sous-brigadier.

— Et les coordonnées du chauffeur de taxi ?

— Je les ai notées sur une feuille, en bas.

— Il faut nous le ramener dare-dare ! ordonne Grimbert.

Le ton à l'emporte-pièce fait rectifier la position du gardien malgré lui.

— Rien de plus facile ! claironne-t-il. Il stationne à la gare, à cent mètres de là.

Gérard Quinet et Vincent Hermel ont rappliqué.

— Ça change de style, observe Quinet en examinant l'enveloppe. Cette fois, pas de collages.

Il fixe encore son attention sur la missive, ajoute :

— J'espère que vous avez pris des précautions pour manipuler le papier !

Mallet hausse les épaules.

— Évidemment !

Madelin et Grimbert ont donné leurs instructions. Un quart d'heure après, le chauffeur de taxi est introduit dans le bureau. La cinquantaine rondelette, le visage coloré et la casquette pied-de-poule. Le prestataire de services s'asseoit sur la chaise que lui désigne Madelin, fait tourner son couvre-chef dans ses doigts en attendant la suite des événements. Sur un signe de Grimbert, Mallet a refermé la porte.

— Comment avez-vous trouvé cette enveloppe ? attaque le divisionnaire de la P.J.

L'autre se gratte la tête avec la main qui tient la casquette. Visiblement, il ne se doutait pas de l'importance de sa découverte. Peut-être pense-t-il déjà à une sombre affaire d'espionnage. Comme celles qu'il lit entre deux courses à la station de taxis.

— Ce matin, j'ai donné un coup à l'intérieur de ma voiture. Je commence par là tous les jours. Un bahut, ça doit rester propre. L'enveloppe était sur la moquette, derrière le siège du passager avant. J'ai pensé qu'elle avait été perdue. Comme elle vous était destinée, je suis venu vous l'apporter dès que j'ai pu.

— Vous vous souvenez de vos clients d'hier ? demande Lefebvre.

— Grosso modo.

— Celui ou celle qui a laissé tomber cette enveloppe est certainement l'un de vos derniers passagers, observe Mallet. Une autre personne transportée aurait pu la découvrir avant vous et vous la remettre.

— Tout dépend. Vous avez des clients qui s'installent devant. Et puis vous en avez d'autres qui se fichent éperdument de ce qui peut traîner sous leurs pieds.

Le brave type réfléchit un instant avant de préciser :

— Remarquez, l'enveloppe avait glissé sous le siège avant. Elle n'était pas franchement visible.

— Parlez-nous quand même des gens que vous avez pris en charge hier, insiste Mallet. Au moins ceux de la soirée.

Nouveau grattement de tête.

— Je n'ai fait que des petites courses. La dernière, c'était un type d'une soixantaine d'années, pas très grand, habillé simple. Il a appelé du café des Tribunaux pour se faire conduire à Janval. Il devait être une heure moins le quart.

Un temps mort. Il confirme.

— Oui, puisque je suis rentré aussitôt après, aux alentours d'une heure. Avant lui, j'ai eu...

— Votre client, coupe Madelin, il est monté à l'avant ou à l'arrière.

— A l'arrière. Avant lui, j'ai pris un couple à la gare. Je l'ai laissé à l'hôtel des Falaises. Des Parisiens, il me semble. Avant, j'ai transporté une dame d'un certain âge avec ses valises. Et puis avant : une autre femme, plus jeune. Une petite quarantaine. Pas très grande, brune aux cheveux courts. Je l'ai prise au Hampton Court pour la conduire à la gare. Elle m'a demandé de l'attendre quelques minutes puis il a fallu que je la ramène à son hôtel.

— Elle est montée derrière ? demande encore Madelin.

— Oui. En général ce sont les hommes qui montent devant. Avant j'ai eu un Noir que j'ai emmené au bateau.

— Attendez ! intervient Mallet. Votre brune, quel genre avait-elle ?

Le chauffeur de taxi hésite. Il l'a reluquée plus qu'il ne voudrait l'avouer. Il se balance gauchement, se décide pourtant.

— Pas mal physiquement. Un peu vulgaire, peut-être. Elle portait une jupe courte en jean, un tee-shirt sans rien dessous.

— Comment le savez-vous ? demande Grimbert.

Un rire gêné secoue la grosse carcasse pataude.

— Hé ! Parce que ça pointait !

— Elle n'avait rien d'autre ?

— Si, une espèce de grand gilet ouvert.

— Des bagages ? questionne Mallet.

— Non. Un sac à main, je crois.

Il cherche dans sa mémoire, se reprend :

— Ou plutôt si. En ressortant de la gare, elle portait une mallette qu'elle n'avait pas au départ. Sans doute qu'elle l'avait laissée à la consigne.

Grimbert se frotta le menton. Madelin rajuste ses lunettes.

— Vous l'avez ramenée au Hampton Court vers quelle heure ?

Encore un dandinement embarrassé.

— Ah oui ! C'est vrai ! Elle n'est pas descendue au Hampton Court. En arrivant devant l'hôtel, elle a brusquement changé d'avis et m'a dit de la déposer au Don Quichotte. Il devait être minuit moins le quart, par là.

Mallet interroge ses collègues du regard. Ils ont pensé à Véro, comme lui. Chacun se perd en conjectures. Cette méditation silencieuse inquiète le chauffeur de taxi, amplifie ses borborygmes.

— Y a pas d'embrouille, au moins ?

Grimbert se lève.

— N'ayez aucune crainte. Nous vous remercions, au contraire.

Une main rassurante sur l'épaule du bonhomme, le divisionnaire l'entraîne vers le bureau du fond, celui qu'il squatte avec Lefebvre depuis le début de l'affaire.

— Mon collègue va recueillir votre déposition.

L'autre regarde l'heure, esquisse une mimique de résignation, disparaît avec l'inspecteur de la P.J.

— Il faut deux équipes ! lance Grimbert. Une au Hampton Court pour ramasser cette brune qui pourrait être Véronique Chambrier, et l'autre pour sauter[1] le boulanger. Lui, ça ne fera jamais que la deuxième fois !

— Pour Véro, on peut avoir confirmation très rapidement, propose Mallet. Il suffit d'appeler le Don Quichotte.

L'inspecteur cherche dans ses tablettes, décroche le téléphone, compose le numéro de la brasserie. C'est le patron de l'établissement qui lui répond. Mallet ne se présente pas. Prudence.

— Est-ce que Véro est là ? demande-t-il comme s'il était un ami de la fille.

— Pas à cette heure-ci.

— Je suis Jacques. Elle devait laisser la clé de mon appart' chez vous hier soir. Vous pouvez regarder ?

— Elle ne m'a rien dit, observe le tenancier.

Il ne rechigne pas pour autant. Un bruit sec. Celui du combiné qu'on pose. Il doit interroger son personnel. Quelques secondes d'attente. Mallet joue sur la réputation de Véro. Avec elle, rien ne doit paraître bizarre. Un raclement dans l'appareil.

1. Appréhender.

— Non, il n'y a rien, fait la voix.
— Elle est bien venue ?
— Oui.
— Peut-être qu'il était tard ?
— Oui, pas loin de minuit.
— C'est pour ça. Tant pis. Excusez-moi.

L'autre n'a peut-être rien compris mais Mallet, lui, raccroche, satisfait.

— C'était bien Véro, conclut-il, simplement.

Les deux équipes se forment, s'organisent. Grimbert, Madelin et Quinet se chargent du boulanger. Hermel et Mallet s'occupent de la fille.

— C'est parti ! lance le divi[1] de la P.J.

En descendant, il se tourne vers Madelin.

— T'as une paire de pinces[2] ?

Madelin écarte son blouson, découvre un véritable ceinturon de G.I.

— J'ai tout ce qu'il faut ! confirme-t-il.

Le Hampton Court n'est pas le palais de la rive gauche de la Tamise mais un petit palace très *british* du front de mer. Ambiance feutrée, habillage écossais, collection de blasons, évocation de la noblesse anglaise et des associations honorifiques depuis l'ordre très honorable de la Jarretière jusqu'au ruban cramoisi de la Victoria Cross. Salon cossu, fauteuils velours bleu et bois riche, guéridons nappés fuchsia, piano à queue, grand bar rampe cuivrée avec pour sacrifier aux traditions d'outre-Manche, toutes les grandes marques de thé et de pur malt.

Le réceptionniste tiré à quatre épingles a su

1. Divisionnaire.
2. Menottes.

immédiatement de qui voulaient parler les deux policiers. Une chance. Depuis l'abolition des fiches d'hôtel, les vérifications sont devenues aléatoires.

— Elle a réservé la chambre 48, hier en fin d'après-midi. Elle a réglé une nuit d'avance. Malheureusement pour vous, elle n'est pas là. Voyez, sa clé est au tableau.

— Vous voulez dire qu'elle n'a pas occupé la chambre ?

— Si, mais elle n'a pas dû y coucher. Vers 23 heures, elle a appelé la réception pour que nous lui montions du papier à lettres et une enveloppe. Peu de temps après, elle a demandé un taxi qui est venu la chercher aussitôt. Elle n'a pas reparu depuis.

Le réceptionniste a noté. Si la fille se représente, il appellera discrètement la Sûreté.

11 h 45. Les autres n'ont pas ramené leur boulanger. A croire qu'ils ont mis la main à la pâte. Mallet tente de les joindre par radio. L'un d'eux pourrait grimper chez Coussinel pour voir si Véro ne s'y trouve pas. La radio reste muette. Ils ont quitté l'écoute. Véro n'est sans doute pas avec Julien mais il faut vérifier. Mallet allume une cigarette. Cette longue expectative... Dans le couloir de la Sûreté, les gardés à vue vont et viennent, promenés comme des toutous par les gars de la brigade de jour. Dans son bureau, l'O.P.J.[1] de permanence pousse une gueulante. Celui qu'il entend lui raconte sûrement des salades. Son coéquipier gratte sur le suicide tandis que les clodos, témoins dans l'histoire du coup de couteau, sont

1. Officier de police judiciaire.

pris en charge avec des pincettes par deux autres collègues qui ont dû s'atteler aux affaires urgentes. La porte du fichier est toujours ouverte. Roger Vallois apparaît dans sa blouse de nylon bleu. L'archiviste vient aux nouvelles. Il interpelle Mallet.

— Alors ?

L'inspecteur le renseigne sur les derniers événements. La sonnerie de son téléphone l'interrompt. Il se précipite. Vallois lui emboîte le pas d'une façon mécanique. Il regarde son collègue répondre. Il le voit blêmir. Mallet écoute, le sourcil froncé.

— Où ça ? se contente-t-il de demander.

L'écouteur nasille. L'inspecteur repose lentement l'appareil, la mine déconfite.

— Que se passe-t-il ? s'inquiète Vallois.

— Un autre assassinat.

— Où ça ?

— Entre l'ancien théâtre et les Tourelles. Le corps a été découvert derrière les fusains par des touristes belges. Une jeune femme brune...

— Identifiée ?

— A mon avis, il sera facile de reconnaître Véro.

Roger Vallois a enfilé son étui de revolver et troqué sa blouse contre une veste chinée. La tenue de perdreau pour celle de l'archiviste. Dans l'une ou dans l'autre, Vallois est, de toute manière, un flic hors pair.

— Je t'accompagne ! a-t-il lancé à Mallet.

L'inspecteur a décroché la clé de Triton 2, la R 9 de la Sûreté. Il pousse les portes vitrées donnant sur la cour lorsque le planton le rappelle.

Quelqu'un pour lui à l'accueil. Celui qui le demande n'est autre que l'huissier de la sous-préfecture. Le policier le connaît. L'homme lui tend une enveloppe.

— Ce courrier a été déposé dans notre boîte cette nuit ou ce matin de bonne heure. Il n'a pas l'air très orthodoxe mais il vous est destiné, alors...

L'inspecteur n'écoute plus. Il remercie mollement. Des lettres découpées, Mallet avec un seul « l ». On a bien précisé « commissariat de police ». C'est donc volontairement que l'enveloppe a été glissée dans la boîte d'un autre service administratif. Pour ne pas prendre de risque, certainement.

L'inspecteur a ouvert du bout des doigts. Comme on écarte sa frangipane pour voir si on va être roi. La fève roule dans le pli du papier. Un bouton marine. Un bouton plus grand que les autres. Mallet s'en fait la réflexion, machinalement. S'il n'était pas aussi macabre, le procédé deviendrait cocasse. Vallois est revenu dans le dos de son collègue. Il a compris.

— Cette fois, le corps a été découvert avant que tu aies eu le message, observe-t-il.

Mallet empoche l'enveloppe.

— Oui, et si ça continue, les autres vont ramener l'assassin avant que nous ayons vu sa dernière victime !

CHAPITRE 19

17 heures. Noget tire sur une Marlboro qu'il pince entre ses doigts tremblotants. On dirait Gainsbourg. Quand les enquêteurs lui ont parlé de l'assassinat de Véronique Chambrier, le boulanger a eu l'air complètement halluciné. Les policiers l'ont laissé fumer deux ou trois cigarettes puis les questions ont repris. Alors Noget a coupé court. Il a renversé la tête en arrière, annoncé dans un souffle :

— D'accord pour les autres. Mais pas elle, pas Véro !

Les yeux hagards, il a allumé une nouvelle blonde. Celle qu'il tète en tremblant comme un alcoolique en manque.

— Il faut nous raconter, l'encourage prudemment Grimbert.

Le divisionnaire ne veut pas brusquer les choses. Le boulanger pourrait se rétracter. Un silence plein d'anxiété s'installe, interminable. Mallet jette un regard du côté de Madelin. Un regard qui dit : « Pourvu que... » Lefebvre est paralysé derrière sa bécane[1]. Ils sont aussi figés que des santons.

1. Machine à écrire.

— C'est en février que j'ai connu Véro, commence le boulanger d'une voix blanche. Elle venait de se réfugier avec son gosse chez Coussinel. Elle était aguichante, toujours en jupe courte. La première fois que nous avons fait l'amour, j'ai su que je ne pourrais plus me passer d'elle.

Il raconte d'un ton monocorde, le regard flou, comme pour lui-même.

— J'en suis devenu dingue au point de la surveiller. J'ai vite compris. Véro allait avec d'autres types, pour de l'argent. J'ai vu rouge. J'ai failli l'étrangler. Alors elle a tout déballé. L'existence d'un certain Vallès détenu à la centrale de Loos pour hold-up. Celle du trio diabolique. Géraldine Roussel, Muriel Baron et Sophie Montebran. Et puis toute l'histoire...

Toute l'histoire, les policiers en ont déjà entendu une version de la bouche même de Luc Caprino, un descendant de rital qui se fait appeler Luigi.

A 12 h 20, Grimbert, Madelin et Quinet se sont empressés de coller Noget en garde à vue et de rejoindre leurs collègues sur les constates. Puis Grimbert et Mallet sont allés inspecter la chambre de Véro au Hampton Court. Ils n'ont découvert qu'une poignée de bijoux anciens éparpillés sur le lit. C'est au moment où les policiers quittaient les lieux que Luigi s'est fichu dans leurs pattes. Il demandait Véro à la réception pour la seconde fois.

Noget écrase sa cigarette, en rallume une autre, reprend :

— Véro connaissait Vallès depuis deux ans, à Paris. Un braqueur solitaire et violent, dont elle ne pouvait plus se dépêtrer.

Le boulanger marque une pause, continue :

— Un jour Vallès s'est garé à l'angle d'une rue de banlieue. Prétextant le zèle des contractuelles, il a demandé à Véro de l'attendre au volant. Lorsqu'il est revenu précipitamment, il avait braqué et blessé un convoyeur de fonds. Véro a dû démarrer en trombe, devenant ainsi une complice malgré elle. La voiture était volée, naturellement.

Les policiers écoutent sans l'interrompre. Ils savent déjà. Luigi leur a rapporté ce qu'il tenait de Véro.

— A l'époque, Géraldine Roussel, Muriel Baron et Sophie Montebran partagent un immense appartement que Véro connaît bien. Elles acceptent que Vallès vienne s'y mettre au vert moyennant un dédommagement substantiel. Véro en profite pour retrouver un peu de liberté. Au bout d'une quinzaine de jours, Vallès s'apprête à regagner la capitale. Les trois filles lui réclament leur argent. Vallès se moque d'elles. Deux heures après, il est arrêté à la gare alors qu'il vient de téléphoner à Véro pour tâter la température avant de regagner Paris.

Il se tourne vers Mallet, précise :

— C'est vous qui étiez là, inspecteur.

Quand Luigi a parlé de Vallès, tout à l'heure, le policier s'est souvenu aussitôt. Il avait reçu un appel anonyme. Une voix de femme. « A la gare. Un grand mince, quarante ans, cheveux châtains courts, ondulés. Une cicatrice bien voyante sur la joue gauche. Il va prendre le train de 16 heures pour Paris. Son nom c'est Jacques Vallès. Il a braqué et blessé un convoyeur de la société Protection Paris-Nord à Gonesse. »

Un dispositif avait été mis en place au pied levé.

Vallès, trop confiant, était tombé dans les filets de la police provinciale. Trouvé porteur d'un 357 magnum, il avait été entendu par Mallet et remis aux collègues parisiens saisis du braquage.

La Marlboro de Noget se consume entre ses doigts et la cendre finit par s'effondrer sur son pantalon. Il ne s'en rend pas compte et enchaîne :

— Pas besoin de sortir de Saint-Cyr pour comprendre que Vallès a été balancé par Géraldine Roussel, Muriel Baron et Sophie Montebran. Quand Véro revient s'installer par ici, elle subit leur chantage. Les filles menacent de la dénoncer comme complice de Vallès. Alors Véro doit se prostituer pour acheter leur silence.

Les policiers échangent un plissement malaire d'incrédulité. Le boulanger gobait toutes les histoires de la pute d'occasion. Ce que Véro a raconté à Luigi est certainement plus proche de la vérité. Drôle de phénomène cette Véro. Mallet s'évade un moment, se projette quelques heures en arrière, revoit le cadavre de la brune lorsque Vallois a soulevé le carton qui le dissimulait partiellement derrière les fusains. Les mêmes traces de strangulation. L'emplacement du deuxième bouton arraché au cardigan. Ce bouton marine à quatre trous, plutôt grossier, que la main criminelle lui a encore réservé comme par défi. « Ainsi Coussinel n'était pas l'assassin », se répète Richard Mallet. Il observe Noget, ce balourd qu'il était loin de suspecter. Écrasé sur sa chaise, la lèvre pendante, le regard éteint, le boulanger a, plus que jamais, l'air d'un demeuré.

— Je ne voulais pas que Véro continue à se prostituer, explique-t-il. J'ai commencé à lui donner un peu d'argent mais cela ne suffisait pas. Les filles devenaient de plus en plus gourmandes. Alors Véro a eu l'idée de se débarrasser d'elles. C'est elle qui a pensé au câble de frein. Elle en a dégoté un chez Coussinel. Celui que vous avez découvert dans le coffre de ma voiture. C'est elle qui a décidé de chaque assassinat. Le jeudi soir était plus propice car je pouvais profiter de notre repas hebdomadaire entre chasseurs pour me libérer.

Noget fixe le sol devant lui, suit le fil de son récit, imperturbable.

— Véro m'avait promis que nous partirions ensemble quand tout serait fini. Je voulais la dissuader, trouver une autre solution. Elle était déterminée. Elle parlait de me quitter si je ne l'aidais pas. Alors j'ai accepté. C'est elle qui m'a indiqué que Géraldine Roussel était au Quibus et qu'il me suffirait de la suivre. J'ai agi mécaniquement. Il fallait que j'élimine ce premier obstacle. La fille n'a guère résisté. Quand tout a été fini, j'ai arraché le deuxième bouton de son chemisier.

Noget hoche la tête de droite à gauche comme pour déplorer un état de fait.

— Une idée de Véro. Elle était folle. Elle avait décidé de l'adresser à l'inspecteur Mallet dans le but, selon elle, de vous désorienter. A mon avis, c'était plutôt par bravade. Elle prenait un malin plaisir à jouer avec le feu. Pour Sophie Montebran, c'est elle qui a déposé l'enveloppe chez vous quand elle est venue faire sa déclaration à la suite du faux attentat contre elle.

D'un geste machinal, le boulanger allume une nouvelle cigarette, reprend :

— Le scénario a été le même pour Muriel Baron. J'étais avec mes amis chasseurs quand

Véro m'a appelé. La caissière du cinéma Étoile devait quitter son boulot après la dernière séance. En fin de repas, je me suis éclipsé. J'ai guetté et suivi la fille pour l'étrangler sous le porche de son immeuble. Là encore, j'ai arraché le deuxième bouton de son chemisier. Et puis ça a été le tour de Sophie Montebran. Ce soir-là, Véro m'a prévenu qu'elle était avec elle au Don Quichotte. J'ai donc attendu la fille à son retour chez elle. Dès qu'elle a ouvert sa porte, je l'ai poussée dans l'appartement. Pendant que je l'étranglais, Véro simulait avoir été victime d'une agression. Pour écarter les soupçons, évidemment.

— Vous connaissiez vos victimes ? intervient Mallet.

— De vue. Et puis Véro me les avait désignées. Elle m'avait même indiqué où chacune d'elles habitait.

Un silence. Pour le boulanger, l'histoire s'arrête là. Il se tasse, reste prostré. Les policiers se concertent du regard.

— Et Véro ? demande Grimbert.

Noget hausse mollement les épaules, abattu.

— Je vous l'ai dit, je ne comprends pas.

— Ça se passait toujours bien avec elle ? relance Madelin.

— Quelques coups de gueule de temps en temps.

— Comme celui d'hier soir ?

La question a claqué aussi sèchement qu'un coup de fouet. Madelin continue froidement :

— Un chauffeur de taxi qui passait boulevard de Verdun a vu un type frapper une femme et repartir dans un break Nevada. Il l'a signalé à une patrouille.

Mallet en reste bouche bée. Il sait que le divisionnaire épluche toutes les mains courantes le matin. Le détail a dû lui revenir subitement.

Noget se voûte davantage, croise nerveusement ses doigts.

— C'est vrai qu'elle a ramassé une trempe. Elle m'avait poussé à bout. Elle voulait me laisser. Si j'avais pensé qu'après...

— Elle vous aurait dénoncé, complète insidieusement Grimbert.

Le divisionnaire de la P.J. ouvre une chemise cartonnée, colle la lettre anonyme sous le nez du boulanger. L'autre déchiffre le texte sans comprendre, lève des yeux interrogateurs, lit une seconde fois, se pétrifie.

— C'est pour ça que vous l'avez tuée, l'achève Grimbert. Elle avait menacé de vous dénoncer, pas vrai ?

Le boulanger reste hermétique.

— Pas vrai ? insiste le policier.

— Pour m'intimider, comme ça, finit par bredouiller Noget. Je n'y croyais pas. Après tout, elle était complice.

— Vous pensez bien qu'elle avait pris ses précautions pour que vous soyez le seul à être inquiété. Véro aurait nié avoir joué le rôle que vous lui attribuez. Aucune charge n'aurait pesé sur elle.

— Et les boutons, c'est bien elle qui vous les a envoyés !

— Vous l'auriez prouvé, vous ?

— C'est pourtant elle qui découpait les lettres dans les revues de Coussinel !

— Oui, mais rien ne vous empêchait d'acheter le même mensuel ou d'en récupérer un ou deux dans la poubelle de votre voisin. Et puis, à défaut d'empreinte exploitable...

Un silence écrasant traîne derrière le raisonnement de Grimbert. Le divisionnaire enfonce le clou :

— Elle n'avait plus besoin de vous. Elle vous l'a fait comprendre. Alors vous avez vu rouge.

Le boulanger soupire.

— Je ne l'ai pas tuée, je vous le jure.

— C'est le même mode opératoire, s'obstine Mallet.

— Peut-être, mais ce n'est pas moi.

— La dernière fois que vous l'avez vue, demande Madelin, portait-elle une mallette ?

— Une mallette ? Non. Un sac de voyage, pas de mallette.

Les policiers ont perquisitionné chez les Noget et dans la boulangerie. Ils n'ont pas trouvé trace de l'attaché-case dont leur ont parlé le chauffeur de taxi et le tenancier du Don Quichotte. Convoqué par Hermel en début d'après-midi, le patron de la brasserie a confirmé que Véro était arrivée et repartie une mallette à la main.

— Je l'ai même charriée en lui disant qu'elle avait l'air d'un représentant, a-t-il précisé.

Mallet ressasse les paroles de Luc Caprino. C'est par lui qu'ils ont su ce que contenait la fameuse mallette noire. Depuis le début de sa garde à vue, Luigi n'a eu qu'un seul souci : sortir de ce guêpier au plus vite. Il a joué franc-jeu. Après tout, lui, là-dedans !... Il a répété ce que lui avait raconté Véro. Ce Jacques Vallès, un braqueur solitaire dont elle était devenue la maîtresse et la complice épisodique. Ce vol à main armée à Gonesse où elle attendait sciemment au volant de la voiture. Un convoyeur de la société Protection Paris-Nord avait été blessé, mais ça, elle ne l'avait pas prévu. L'hébergement de Vallès chez les filles. Son arrestation. Et puis, le pire... Luigi en avait eu froid dans le dos.

— Attends ! s'était-elle exclamée, là, tu vas être scié ! En réalité, c'est moi qui l'ai fait tomber, Vallès. Il commençait à me pomper l'air avec ses conneries. Après le dernier braquage, il avait mis son fric à l'abri sans m'en donner une blinde[1]. Alors j'ai eu l'idée de le balancer, en m'arrangeant pour que les autres greluches portent le chapeau. Connaissant Vallès, je savais que le désir de vengeance le rongerait. Je lui ai rendu visite à la centrale et lui ai proposé de m'en occuper moyennant les trois quarts du magot. Nous sommes tombés d'accord pour la moitié : 80 briques. Payables une fois le travail accompli. C'était pas si mal. J'ai donc atterri ici avec mon gosse. A Paris, je pouvais le laisser en garde. Vallès me donnait encore un peu de ronds. Mais là, sale temps ! Système D. Bien obligée de continuer mon petit artisanat. Une passe par-ci, par-là... Mon plan consistait à dénicher un pigeon qui exécuterait le travail à ma place. J'ai d'abord trouvé hébergement chez le vieux mais je ne pouvais guère compter sur lui. Et puis le nigaud de boulanger m'a fait du gringue. Un ours facile à manipuler. Le grand jeu et des promesses, le lourdaud est vite tombé dans le panneau. Amoureux, jaloux, prêt à tout. A tout ce que je voulais. La preuve ! Il s'est chargé du boulot pour moi. Après lui avoir, quand

1. Part.

même, raconté des salades, naturellement. Pour lui, les filles étaient des ordures qui, si je ne casquais pas, menaçaient de me dénoncer comme complice dans le braquage de Gonesse où m'avait entraînée, malgré moi, ce cher Vallès.

Véro s'était subitement livrée à Luigi. Comme ça, d'une traite, en revenant de Lille avec la mallette pleine de billets. De sa cellule, Vallès avait pu donner des instructions pour que Véro soit récompensée de ses efforts. Tout était dit... Ou presque.

— Alors ? tonne Grimbert. Vous avez reconnu les trois autres crimes. Pourquoi pas celui-là ?

Noget s'éponge le front d'un revers de manche.

— Je vous répète que je n'ai pas tué Véro, halète-t-il.

— Il n'y a pas trente-six assassins dans la ville ! s'insurge Madelin. Et ceux qui étranglent les femmes avec un câble de frein ne courent sûrement pas les rues !

— Ceux qui envoient des boutons à notre collègue Mallet non plus ! renchérit Grimbert.

Mallet observe le boulanger qui soupire sans répondre. Lui, au moins, écrivait son nom correctement. Savait-il que Véro l'amputait d'un « l » ? Et si oui, aurait-il eu, pour la dernière enveloppe, la présence d'esprit d'en faire autant ?

L'inspecteur s'absorbe dans ses réflexions. Il est vrai que bien des gens pensent que Mallet ne prend qu'un « l ». Julien est de ceux-là.

Des bribes d'interrogatoire interfèrent. Julien...

Il revoit son expression lorsqu'il lui a annoncé la nouvelle. Une visite éclair, vers 15 h 30, peu après l'interpellation de Luigi. Coussinel jouait aux petits chevaux avec Aurélien. L'inspecteur l'a pris à part. Un silence embarrassé.

— Cette fois, c'est Véro, a-t-il murmuré, comme s'il avait craint la réaction du bonhomme.

Le sexagénaire est resté de marbre. Puis il a baissé les yeux en soupirant :

— Fallait que ça arrive !

Alors Mallet lui a parlé du boulanger. Coussinel en est tombé des nues. Sans transition, le policier a sorti un pochon de son blouson, l'a vidé sur la table.

— Véro avait emporté ça.

Les bijoux de Marcelline. Un médaillon enfermant une photo jaunie du soldat Coussinel avait immédiatement aiguillé Mallet sur la provenance des vieilleries retrouvées au Hampton Court.

Julien les a caressées comme des reliques.

— Ils ont sûrement plus de valeur pour moi qu'ils n'en auraient eu pour elle.

— Véro ne respectait rien, n'est-ce pas ?

Le regard de Coussinel s'est figé.

— Non, rien. Ni personne. Et voilà où ça l'a menée. Mais le plus important maintenant, c'est lui. Il s'est tourné vers Aurélien, a ajouté : Vous croyez qu'il pourra rester avec moi ?

— Évidemment.

Le boulanger a signé ses aveux pour les trois premiers crimes. Des aveux limités par l'infranchissable article 105, cette frontière pourtant sinueuse destinée à sauvegarder les droits de la défense. Quant à Véro, Noget a fini par admettre qu'il aurait pu la tuer dans un état d'inconscience. Une formule qui semble satisfaire tout le monde.

Le 4-22 n'est toujours qu'à deux pas. Ce soir, on

y arrose la chute de l'étrangleur. Il sera déféré le lendemain dans la matinée. La Justice va s'occuper du service après vente.

Chacun lève son verre. C'est l'euphorie. Le 4-22 prend des allures de pavillon de chasse...

CHAPITRE 20

8 h 30. Une « technicienne de surface » occupe le centre du hall d'accueil. Mallet pousse la porte vitrée du poste, enjambe les espaces de carrelage mouillés. Les garde-à-vue sont pleines. Le commissariat a repris son rythme. C'est du moins l'impression première deux jours après l'arrestation du boulanger. La presse, elle, continue à s'en donner à cœur joie.

Les parlotes, les serrements de mains, la valse des registres, l'odeur du café. Les retrouvailles. L'ambiance du matin. Mallet ouvre son bureau, sans entrain, suspend son blouson, ressort baguenauder dans le couloir, lieu de briefing de la Sûreté.

A 8 h 50, au moment où chacun décide de se mettre à l'ouvrage, la nouvelle tombe. Le patron a reçu un coup de fil du juge d'instruction. Noget s'est pendu dans sa cellule. L'action publique est éteinte pour les quatre assassinats.

Les mêmes compteurs poussiéreux et toujours ce vieil escalier à la rampe branlante. Mallet grimpe sans bruit. Il est passé devant la boulangerie. La boutique est fermée depuis l'arrestation de Noget. A l'heure qu'il est, sa femme a dû être avertie de son geste fatal. Là-haut, Coussinel n'attend sûrement pas la visite de l'inspecteur. Lorsqu'il ouvre, il n'a pourtant pas l'air surpris.

— Je venais prendre de vos nouvelles, explique Mallet.

— C'est aimable à vous. Entrez, inspecteur.

Le sexagénaire a la tremblote. Il tire une chaise, invite le policier à s'y asseoir. Aurélien trimbale un robot démantibulé à travers la pièce.

— Et lui ? Comment réagit-il ? demande l'inspecteur.

— Il ne réalise pas. Il faut dire que sa mère n'était jamais là.

Les deux hommes observent l'enfant. Une façon pour eux de meubler leur silence. Sur la table, le journal du jour.

— Vous avez lu la presse, constate Mallet.

— Oui. Les journalistes aiment les affaires macabres. Quatre morts...

— Cinq, rectifie l'inspecteur. Le boulanger s'est suicidé en prison. Nous l'avons appris ce matin.

Coussinel en reste coi.

— C'est peut-être ce qu'il avait de mieux à faire, finit-il par dire.

— Oui et non, car il a emporté avec lui le mystère de la mort de Véro.

Le sexagénaire regarde l'inspecteur, interloqué.

— Le mystère ? répète-t-il d'une voix blanche.

— C'est le seul crime qu'il ne voulait pas endosser. Après avoir reconnu les trois autres, on se demande pourquoi ?

Le policier marque une pause.

— Maintenant, on ne le saura jamais, conclut-il.

Coussinel interroge la pendule : 11 h 45.

— L'apéritif ? propose-t-il.

— Si vous voulez.

Le sexagénaire fait tinter les bouteilles dans son placard.

— Pastis ?

— Pastis.

— C'est le moins nocif, paraît-il.

Les deux hommes boivent en silence.

— Je vais vous faire un aveu, déclare l'inspecteur.

Coussinel fronce les sourcils, inquiet.

— Figurez-vous, poursuit Mallet, qu'avant l'arrestation du boulanger, je vous ai suspecté.

— Moi ?

— Oui, vous. Même si je ne voulais pas y croire, certains détails étaient troublants. La découverte d'une maïs sur les lieux du crime de Muriel Baron, par exemple. Elle était tassée comme vous le faites des vôtres. Et puis les lettres découpées dans *La Passion du camion*, une revue que tout le monde n'achète pas. Votre façon d'écrire mon nom avec un seul « l » comme sur les enveloppes que je recevais. Enfin, et le plus troublant, a été le jour où, au Quibus, parlant de l'agression de Véro, vous m'avez dit que si elle n'en avait pas réchappé, j'aurais reçu le deuxième bouton de son chemisier à elle aussi. Comment pouviez-vous connaître le détail du deuxième bouton puisque jamais il n'avait été divulgué ?

Coussinel réfléchit.

— Vous avez raison. J'aurais pu faire un beau suspect. En ce qui concerne la maïs, je me souviens que le soir où Muriel Baron a été assassinée, je me suis baladé au bord du bassin. En revenant, je suis passé par la rue du Haut-Pas. La cigarette que j'avais à la bouche s'est éteinte. Je me suis abrité sous un porche pour la rallumer. N'y parvenant pas, je l'ai jetée. Le hasard aura voulu que ce soit à l'endroit où la pauvre fille a été assassinée. Vraiment le hasard. Je savais que Muriel Baron habitait dans ce secteur, mais j'ignorais où exactement.

Il réfléchit encore, poursuit :

— Ce soir-là, j'ai même vu la sortie du cinéma. A quelque chose près, j'aurais pu déjouer les plans de l'assassin. Malheureusement, il en a été autrement.

Coussinel vide son verre, le repose.

— Pour le reste, il est vrai que j'écris votre nom avec un seul « l ». Là encore, c'est le fait du hasard. Quant aux revues, Véro pouvait en prendre facilement. Il m'arrive aussi d'en jeter et n'importe qui peut se servir. *La Passion du camion* ici, je n'ai que ça.

Un temps, il enchaîne :

— Enfin, cette histoire de deuxième bouton...

Il cherche en se massant la nuque.

— Je la tenais de Véro elle-même. Au cours d'une conversation, elle avait dû parler de cette curieuse manie de l'assassin. L'affirmation, dans la bouche de Véro, aurait pu me surprendre si j'avais su que ce détail était tenu secret.

A son tour, Mallet vide son verre. Tout lui semble clair, logique... Pour les trois premiers crimes. Julien les a resservis. Ses yeux de cocker trahissent pourtant son agitation interne.

— Moi aussi, j'ai quelque chose à vous dire.

Il se lève, disparaît dans la chambre, revient, une mallette à la main. Il la pose à plat sur la table, de l'autre côté des verres.

— Le soir où Véro a été...

Il n'ose plus prononcer le mot.

— Elle a laissé ça en partant de chez moi. Il y a une grosse somme d'argent.

Le bonhomme a un air pitoyable. Il ouvre la mallette. L'inspecteur le considère en hochant la tête.

— Elle voulait emmener Aurélien, n'est-ce pas ?

Coussinel ne répond pas. Son silence suffit.

— Vous l'aimez, ce petit, pas vrai ?

— Comme s'il était à moi.

— Vous n'auriez pas supporté...

Mallet se tait. L'assassin de Véro est là, devant lui, tremblotant. Un assassin fragile qui se doute que l'autre a compris. La mallette l'a trahi. Ou s'est-il dénoncé grâce à elle ? Cette mallette qui, dans le rapport de Grimbert, a dû, après l'assassinat de Véro, être volée par une tierce personne trop contente de l'aubaine.

— Je peux prendre un bonbon, Coulinet ?

Aurélien est là qui tire Julien par la manche. Mallet referme l'attaché-case, le repousse vers Coussinel.

— Placez la plus grosse partie pour le petit. Avec le reste, élevez-le.

Il fait beau. Richard Mallet n'a pas faim. A cette heure-ci, Pascal Sartini doit prendre son apéro aux Trib'. Son accent va sans doute lui chantonner : « Alors, une affaire résolue ! » Et lui, Mallet, va sûrement lui répondre : « Parlons d'autre chose, tu veux ? »

PRIX DU QUAI DES ORFÈVRES

LE PRIX DU QUAI DES ORFÈVRES, fondé en 1946 par Jacques Calineau, est destiné à couronner chaque année le meilleur manuscrit d'un roman policier inédit, œuvre présentée par un écrivain de langue française.

- Le montant du Prix est de 5 000 F remis à l'auteur le jour de la proclamation du résultat par M. le Préfet de police. Le manuscrit retenu est publié, dans l'année, par la Librairie Arthème Fayard, le contrat d'auteur garantissant un tirage minimal de 50 000 exemplaires.

- Le jury du Prix du Quai des Orfèvres, placé sous la présidence effective de M. le Directeur de la Police judiciaire, est composé de personnalités remplissant des fonctions ou ayant une activité leur permettant de porter un jugement sur les œuvres soumises à leur appréciation.

- Toute personne désirant participer au Prix du Quai des Orfèvres peut en demander le règlement à M. Eric de Saint Périer, secrétaire général du Prix du Quai des Orfèvres, S.E.R.T., 38, avenue de l'Opéra, 75002 PARIS (47 42 73 29). La date limite de réception des manuscrits est fixée au 15 avril de chaque année.

IMPRIMÉ EN FRANCE PAR BRODARD ET TAUPIN
Usine de La Flèche, le 05-11-1993
N° d'édition : 7637 – N° d'impression : 1043 I-5
35-17-9142-01/7
ISBN : 2-213-03182-7